Un grito de amor desde el centro del mundo

Kyoichi Katayama

Un grito de amor desde el centro del mundo

Traducción del japonés de Lourdes Porta

ALFAGUARA

Título original: *Sekai no Chuushin de, Ai wo Sakebu*
Primera edición en esta colección: septiembre de 2017

© 2007, Kyoichi Katayama
© 2008, Penguin Random House Grupo Editorial, S. A. U.
Travessera de Gràcia, 47-49. 08021 Barcelona
© 2008, Lourdes Porta, por la traducción

© Diseño: Penguin Random House Grupo Editorial, inspirado en un diseño original de Enric Satué

Printed in Spain – Impreso en España

ISBN: 978-84-204-7265-2
Depósito legal: B-12031-2017

Impreso en Unigraf, Móstoles (Madrid)

AL7265A

Penguin
Random House
Grupo Editorial

Un grito de amor desde el centro del mundo

Capítulo I

1

Aquella mañana me desperté llorando. Como siempre. Ni siquiera sabía si estaba triste. Junto con las lágrimas, mis emociones se habían ido deslizando hacia alguna parte. Absorto, permanecí un rato en el futón hasta que se acercó mi madre y me dijo: «Es hora de levantarse».

No nevaba, pero el camino estaba helado, blanco. La mitad de los coches circulaba con cadenas. En el asiento del copiloto, al lado de papá, que era quien conducía el automóvil, se sentó el padre de Aki. Su madre y yo ocupamos los asientos traseros. El coche arrancó. Delante, los dos hombres sólo hablaban de la nieve. Que si lograríamos, o no, llegar al aeropuerto para el embarque. Que si el avión saldría a la hora prevista. Detrás, nosotros apenas hablábamos. Distraído, miraba por la ventanilla el paisaje que dejábamos atrás. A ambos lados de la carretera se extendían, en todo lo que alcanzaba la vista, campos cubiertos de nieve. A lo lejos, la cresta de las montañas refulgía bañada por los rayos de un sol que brillaba a través de las nubes. La madre de Aki llevaba en el regazo una pequeña urna de cenizas.

Al aproximarnos al desfiladero, la capa de nieve se hizo más espesa. Mi padre y el padre de Aki bajaron del coche en el aparcamiento de un parador y empezaron a ajustar las cadenas a las ruedas. Mientras, decidí dar un paseo por los alrededores. Más allá del aparcamiento había un bosquecillo. Una capa de nieve impoluta cubría el sotobosque; la que se acumulaba en las copas de los árboles iba cayendo al suelo con un quejido seco. Al volverme, vi cómo al otro lado del guardarraíl se extendía un océano invernal. Sereno y tranquilo, un mar de un color azul brillante. Todo cuanto veía me llenaba de nostalgia. Cerré con firmeza la tapa de mi corazón y le di la espalda al mar.

La nieve del bosque se hizo más profunda. Las ramas quebradas y los duros tocones hacían que andar me resultara más difícil de lo que había supuesto. De repente, un pájaro levantó el vuelo de entre los árboles con un chillido agudo. Me detuve y agucé el oído. No oí nada más. Era como si no quedara nadie en este mundo. Al cerrar los ojos, percibí, como cascabeles, el sonido de las cadenas de los coches que circulaban por la carretera. Empecé a no saber dónde estaba, a no saber quién era yo. Entonces oí la voz de papá que me llamaba desde el aparcamiento.

Una vez cruzamos el desfiladero, todo marchó tal como estaba previsto. Llegamos al aeropuerto a la hora fijada y, tras facturar, nos dirigimos a la puerta de embarque.

—Se lo agradezco mucho —les dijo papá a los padres de Aki.

—No, al contrario —repuso el padre de Aki sonriendo—. Seguro que Aki se siente feliz de que Sakutarô nos acompañe.

Dirigí los ojos hacia la pequeña urna que la madre de Aki llevaba entre los brazos. Dentro de aquella urna envuelta en un precioso brocado, ¿estaba realmente Aki?

Poco después de que despegara el avión, me dormí. Y tuve un sueño. Soñé con Aki, cuando todavía estaba bien. En el sueño, ella me sonreía. Con su sonrisa de siempre, un poco cohibida. «¡Saku-chan!»[*], me llamaba. Su voz permanece claramente en mis oídos. «¡Ojalá el sueño fuera realidad y la realidad fuese un sueño!», pienso. Pero es imposible. Por eso, al despertarme, siempre estoy llorando. No es porque esté triste. Es que, cuando regreso a la realidad desde un sueño feliz, me topo con una fisura que me es imposible franquear sin verter lágrimas. Y eso, por más veces que me ocurra, siempre es así.

A pesar de que habíamos despegado en la nieve, aterrizamos en una ciudad turística bañada por un sol de pleno verano. Cairns. Una hermosa ciudad a orillas del Pacífico. Un paseo de frondosas palmeras. El asfixiante verdor de las plantas tropicales desbordándose alrededor de los hoteles de lujo que se alzaban frente a la bahía, cruceros de diversos tamaños amarrados en el embarcadero. Camino del hotel, el taxi circuló junto a la franja de césped que bordeaba la costa. Mucha gente disfrutaba de un paseo al atardecer.

—Parece Hawai —dijo la madre de Aki.

A mí me parecía una ciudad maldita. Todo estaba igual que cuatro meses atrás. Durante aquellos

---

[*] Tratamiento cariñoso que se usa fundamentalmente al hablar o dirigirse a niños. Sigue al nombre de pila, a parte de éste o a términos que indican parentesco. *(N. de la T.)*

cuatro meses, una estación había sucedido a otra estación y, en Australia, la primavera incipiente había dado paso al pleno verano. Pero nada más. Sólo eso.

Íbamos a pasar una noche en el hotel y a regresar en el vuelo de la mañana siguiente. La diferencia horaria con Japón es muy pequeña, de modo que, desde nuestra salida, el tiempo había transcurrido tal cual. Después de cenar, me tendí en la cama y me quedé absorto con la mirada clavada en el techo. Y me dije a mí mismo: «Aki no está».

Tampoco estaba cuatro meses atrás. La dejamos en Japón cuando vinimos de viaje de estudios, los de la clase de bachillerato. Desde una ciudad japonesa cerca de Australia hasta una ciudad australiana cerca de Japón. En una ruta así, no hay que hacer escala a medio camino para repostar combustible. Por esa curiosa razón aquella ciudad había entrado en mi vida. La había encontrado hermosa. Todo cuanto veía me parecía diferente, exótico, fresco. Aki existía. Aki lo estaba viendo a través de mis ojos. Pero ahora, vea lo que vea, no siento nada. ¿Qué diablos debería mirar yo aquí?

Eso es porque Aki se ha ido. Porque la he perdido. Ya no hay nada que desee ver. Ni en Australia, ni en Alaska, ni en el Mediterráneo, ni en la Antártida. En este mundo, vaya a donde vaya, siempre me sucederá lo mismo. Por más maravilloso que sea el paisaje que tenga ante los ojos, nunca me emocionaré; la más hermosa de las vistas no me gustará. Ha desaparecido la persona que me hacía desear ver, saber y sentir..., incluso vivir. Ella ya no volverá a estar jamás a mi lado.

Sólo cuatro meses. Sucedió en el tiempo en que una estación da paso a la otra. Una chica se fue sin más de este mundo. Un hecho insignificante, sin duda, si a ella la consideras uno entre seis mil millones de seres humanos. Pero yo no estoy con esos seis mil millones. A mí, una sola muerte me ha despojado de todas mis emociones. Aquí es donde estoy yo. Donde me encuentro sin ver nada, sin oír nada, sin sentir nada. Pero ¿estoy aquí realmente? Y si no, ¿dónde estoy, entonces?

2

Aki y yo fuimos a clase juntos por primera vez en segundo de enseñanza media. Hasta entonces, no sabía cómo se llamaba, ni siquiera la había visto nunca. La casualidad hizo que fuésemos a parar, de entre los nueve grupos que había de segundo, al mismo y que el tutor nos eligiera delegada y delegado de la clase. Nuestra primera tarea como representantes de los alumnos fue ir a visitar a un compañero llamado Ôki, que había sido ingresado en el hospital tras haberse roto una pierna justo al empezar el curso. Por el camino, con el dinero que habíamos recaudado entre los compañeros y el profesor, le compramos unas flores y unas galletas.

Ôki estaba tumbado en la cama con una aparatosa escayola en la pierna. Había sido hospitalizado al día siguiente de la ceremonia de inauguración del curso y yo apenas lo conocía. Así que dejé que el peso de la conversación recayera en Aki, que había ido a su misma clase en primero, y yo me quedé contemplando la calle por la ventana de aquella habitación de la tercera planta. A lo largo del carril del autobús se alineaban una floristería, una frutería, una pastelería y otras tiendas que, juntas, conformaban una bonita calle comercial. Luego, más allá de las hileras de casas, se veía el castillo de la colina. Su torreón blanco asomaba entre el fresco follaje de los árboles.

—Oye, Matsumoto, tú, de nombre, te llamas Sakutarô, ¿verdad? —me preguntó de repente Ôki, que había estado todo el rato hablando con Aki.

—Pues sí —dije yo, volviéndome desde donde estaba, junto a la ventana.

—No pasa mucho, ¿eh? —dijo.

—¿No pasa mucho el qué?

—Quiero decir que a ti lo de Sakutarô te viene por Sakutarô Hagiwara[*], ¿no es verdad?

No respondí.

—¿Sabes cómo me llamo yo, de nombre?

—Sí. Ryûnosuke.

—Pues eso. Por Ryûnosuke Akutagawa[**].

Por fin comprendí de qué me estaba hablando.

—Quiero decir que tanto tus padres como los míos están chalados por la literatura —afirmó con aire satisfecho.

—Mi abuelo, en mi caso —dije.

—O sea, ¿que fue tu abuelo quien te lo puso?

—Sí.

—¡Uf! ¡Qué faena!

—Pues, Ryûnosuke todavía. Podría ser peor.

—¿Qué quieres decir?

—¿Te imaginas que te hubieran llamado Kinnosuke?

---

* Famoso poeta japonés (1886-1942). *(N. de la T.)*
** Famoso novelista japonés (1892-1927). *(N. de la T.)*

—¿¡Qué!?

—Ése es el verdadero nombre de Natsume Sô-seki.

—¡No fastidies!

—Vamos, que si el libro preferido de tus padres llega a ser *Kokoro*[*], tú ahora te llamarías Kinnosuke.

—¡Anda ya! —dijo él riéndose, atónito—. ¿Quién iba a ponerle eso a un hijo?

—Sólo era un ejemplo —dije yo—. Tú suponte que te llamaras Kinnosuke Ôki. Serías el haz-merreír de la escuela.

El rostro de Ôki se ensombreció un poco.

—Y estarías tan resentido con tus padres por haberte puesto eso, que te largarías de casa. Y te convertirías en un luchador profesional de lucha libre.

—¿Y eso por qué?

—Porque a un tipo que se llama así no le queda más remedio.

—¡Uf!

Aki dispuso en un jarrón las flores que habíamos llevado. Ôki y yo abrimos la caja de galletas y mordisqueamos unas cuantas mientras charlábamos de nuestros padres amantes de la literatura. Al marcharnos, Ôki nos dijo:

—Volved otra vez, ¿vale? Es que me aburro, todo el santo día tumbado en la cama.

—Pronto van a empezar a venir los de la clase, por turnos, a explicarte las lecciones.

—Para eso no hace falta que vengan.

---

[*] *Kokoro* (1914) es una de las más conocidas novelas del famoso escritor japonés Natsume Sôseki, cuyo nombre real era Kinnosuke Natsume (1867-1916). (*N. de la T.*)

—Sasaki dijo que se apuntaba —dijo Aki, mencionando a la guapa oficial de la clase.

—¡Qué suerte tienes, chaval! —me burlé yo.

—¡Qué va! Pero si tengo muy mala pata, ya lo ves —dijo, y se rió él solo del pésimo chiste que acababa de hacer.

Al salir del hospital, se me ocurrió de pronto proponerle a Aki que subiéramos juntos al castillo. Era ya demasiado tarde para participar en las actividades escolares del club y, si regresábamos directamente a casa, faltaba aún mucho tiempo para la cena. Ella me dijo: «¡Vale!», y me siguió despreocupada. Había dos rutas de acceso al castillo, una por la ladera norte de la montaña y la otra por la ladera sur. Nosotros empezamos a subir por la ladera sur. El sendero de la ladera norte conducía al portón principal, y el de la sur, a una entrada trasera. Este último era, por lo tanto, estrecho y abrupto, muy poco transitado por quienes se dirigían al castillo. A medio camino había un parque donde confluían las dos sendas. Fuimos avanzando por la cuesta, despacio, sin mantener lo que se puede llamar una conversación propiamente dicha.

—Tú escuchas rock, ¿verdad, Matsumoto? —me preguntó Aki, que andaba a mi lado.

—Sí —respondí, dirigiéndole una mirada rápida—. ¿Por qué?

—Es que, desde primero, he visto cómo te pasas cedés con tus amigos.

—¿Y tú, Hirose?

—No, yo no. A mí eso me machaca los sesos.

—¿El rock?

—Sí. Me queda el cerebro como esas legumbres con curry que a veces nos dan en el comedor.

—¡Vaya!

—Tú estás en el club de kendo, ¿verdad?

—Sí.

—¿Y hoy no vas a ir?

—Ya le he pedido permiso al profe.

Aki se quedó reflexionando unos instantes.

—Es raro, ¿no? —dijo—. Que alguien que practica kendo escuche rock. No sé, es que las dos cosas dan una imagen tan distinta.

—En kendo, cuando le arreas un porrazo en la careta al contrario, te sientes bien. Te quedas como muy relajado. Y lo mismo te pasa cuando escuchas rock, ¿sabes?

—¿Y tú no te sientes bien siempre?

—¿Tú sí?

—Es que yo eso de quedarse bien no lo acabo de entender.

Lo cierto era que yo tampoco.

Al andar manteníamos entre ambos una discreta distancia, como correspondía a dos alumnos de secundaria de distinto sexo. Con todo, podía percibir el olor ligeramente dulzón que desprendía el pelo de Aki, un olor que tanto podía ser del champú como del acondicionador. Un olor completamente distinto al de la careta protectora de kendo, que apestaba. Posiblemente, a alguien que viviera, año tras año, envuelto en el olor que desprendía Aki se le quitaran las ganas de escuchar rock o de atizar a la gente con una espada de bambú.

La escalera por la que ascendíamos tenía los cantos redondeados y aparecía, aquí y allá, moteada de musgo. Las piedras se hundían en una tierra rojiza, húmeda, al parecer, todo el año. De pronto, Aki se detuvo:

—¡Hortensias!

Dirigí la mirada hacia una frondosa mata de hortensias que crecía entre el camino y el barranco de la derecha. Ella ya tenía en la mano un montón de florecitas no más grandes que una moneda de diez yenes.

—Me encantan las hortensias —dijo ella con arrobo—. ¿Vendremos a verlas juntos cuando florezcan?

—Vale —dije con impaciencia—. Pero ahora subamos.

3

Mi casa estaba dentro del recinto de una biblioteca municipal. El pabellón, de dos plantas, de estilo occidental, anexo al edificio principal, databa de la época Rokumeikan, o de Taishô, o por ahí. El hecho, y no es broma, es que lo habían catalogado como edificio de interés histórico y que sus moradores no podían hacer obras a su antojo. Que tu casa forme parte del patrimonio cultural de una ciudad puede parecer fabuloso, pero lo cierto es que, para quien la habita, no lo es tanto. De hecho, mi abuelo acabó diciendo que aquél no era sitio apropiado para un viejo y se mudó, él solo, a un apartamento reformado. Y una casa incómoda para un anciano lo es para cualquiera, independientemente de su sexo y edad. Con todo, mi padre sentía una inexplicable pasión por el edificio, pasión que, a mi parecer, había acabado transmitiendo en gran medida a mi madre. Un gran fastidio para un niño, la verdad.

Desconozco en qué circunstancias mi familia había empezado a vivir allí. Dejando aparte la excentricidad de mi padre, seguro que algo tuvo que ver el hecho de que mi madre trabajara en la biblioteca. O tal vez se debió a los buenos oficios de mi abuelo, que en el pasado había sido diputado. En todo caso, a mí jamás me interesaron los pormenores de nuestros aciagos orígenes en aquel lugar, así que nunca me tomé la molestia de preguntárselo a nadie. En el punto más cercano, mi casa distaba de la biblioteca unos escasos tres metros. Por lo tanto, desde la ventana de mi habitación, en el primer piso, podía leer el libro que estaba leyendo la persona sentada junto a la ventana. Bueno, esto es una exageración.

Con todo, yo era un buen hijo y, en la época de mi ingreso en secundaria, solía ayudar a mi madre en las horas que me dejaba libre mi actividad escolar del club. Los sábados por la tarde, domingos y demás festivos, días de gran afluencia de lectores, yo me sentaba en recepción e introducía en el ordenador el código de barras de los libros, o cargaba en el carrito las devoluciones y las colocaba de nuevo en las estanterías con la diligencia propia del Giovanni de *Tren nocturno de la Vía Láctea*[*]. Claro que, como la nuestra no era una familia necesitada, sin padre, a cambio de mi trabajo yo recibía una paga. Y casi todo el dinero que me daban me lo gastaba en cedés.

---

[*] Se refiere a Giovanni, el protagonista de la famosa obra de Kenji Miyazawa. (*N. de la T.*)

Después de aquel día, Aki y yo mantuvimos un trato continuo. Aunque eran muchas las ocasiones en que estaba con ella, no tenía conciencia de que perteneciera al sexo opuesto. Es posible que, justamente por tenerla tan cerca, perdiera de vista su encanto. Aki era bonita, muy agradable, y sacaba buenas notas, así que tenía en la clase un montón de admiradores. Y yo acabé despertando muy pronto sus celos y su animadversión. En clase de gimnasia, cuando jugábamos al baloncesto o al fútbol, no había ocasión en que alguien no chocara conmigo aposta o me pegara un puntapié en la espinilla. No eran ataques abiertos, pero la mala fe era evidente. Al principio, yo no sabía a qué se debía todo aquello. Sólo me daba cuenta de que me detestaban. Y me sentía herido al pensar que, por una razón u otra, me odiaban.

Arrastré esta preocupación durante largo tiempo hasta que un día, a causa de un incidente estúpido, ésta se desvaneció sin más. Para la Fiesta de la Cultura del segundo trimestre, los grupos ya teníamos que representar una obra teatral. En la clase de discusión de actividades, como resultado del voto conjunto de las chicas, nuestro grupo se decantó por *Romeo y Julieta*. Por propuesta unánime de ellas, el papel de Julieta recayó en Aki y el de Romeo, por esa ley no escrita según la cual lo que nadie quiere hacer lo acaba haciendo el delegado de curso, recayó en mí.

Bajo la batuta de las chicas, los ensayos se sucedieron en perfecta armonía. La escena del balcón, donde Julieta declara: «¡Oh, Romeo, Romeo! ¡Si otro fuese tu nombre! ¡Reniega de él! ¡Reniega de tu padre! O jura al menos que me amas...», era hilarante porque Aki, muy formalita de por sí, la interpretaba con toda seriedad y, encima, cuando la directora de la escuela, que tenía una aparición estelar como nodriza, decía: «Ya la llamé, lo juro por mi virginidad de doceañera», tal como reza el texto, todo el mundo reventaba de risa. En la escena del dormitorio de Julieta, al amanecer, cuando Romeo, antes de partir, susurra: «Luz, más y más luz..., más y más negro es nuestro pesar», los dos tienen que besarse. Julieta, que intenta retenerlo, y Romeo, que no acaba de marcharse, se dan un beso separados por la baranda del balcón.

—¡Oye, tú! ¡No te pegues tanto a Hirose! —soltó uno un día.

—Ése, como saca buenas notas, se lo tiene muy creído —añadió otro.

—Pero ¿qué decís? —pregunté yo.

—¡Cállate!

De improviso, uno de ellos me asestó un puñetazo en el estómago.

No fue más que un golpe intimidatorio que yo, en un acto reflejo, logré encajar bien, así que apenas me hizo daño. Acto seguido, ya satisfechos, al parecer, se dieron la vuelta y se alejaron muy erguidos. Yo, por mi parte, más que humillación, sentí cómo una ráfaga de aire fresco barría de mi corazón todas las inseguridades que me habían asaltado durante los últimos tiempos. Cuando añades una dosis de ácido a la fenolftaleína que está de color rojo producto de una reacción alcalina, ésta se neutraliza y se obtiene una solución acuosa transparente.

De modo similar, mi mundo se volvió, de pronto, puro y claro. Reflexioné sobre aquella respuesta que había obtenido de una manera tan inesperada: «Sí. Ellos están celosos. Me odian porque yo siempre estoy con Aki».

De Aki se rumoreaba que salía con un estudiante de bachillerato. Yo no había comprobado si aquello era cierto, tampoco ella me lo había dicho nunca. Me había limitado a oír, de pasada, lo que decían las chicas de la clase. Que si él jugaba al voleibol, que si era alto y guapo. «¡Kendo, tío!», me burlé yo en mi fuero interno. «¡Kendo es lo que debe hacer un hombre!»

En aquella época, Aki tenía la costumbre de oír la radio mientras estudiaba. Yo sabía cuál era su programa favorito. Lo había escuchado varias veces y sabía de qué iba. Chicos y chicas de bajo coeficiente intelectual enviaban allí sus postales y se entusiasmaban cuando el disc jockey las leía arrastrando las sílabas. Por primera vez en mi vida escribí una postal pidiendo una canción, y fue para Aki. No sé qué me impulsó a hacerlo. Quizá lo hice porque salía con aquel chico de bachillerato. Posiblemente tuviera algo que ver con los problemas que ella me había ocasionado. Pero, más que nada, creo que aquélla era la primera manifestación de un amor del que yo todavía no tenía conciencia.

Era Nochebuena y el programa de aquel día, «Especial Santa Noche para Enamorados», prometía ser espeluznante. Era fácil adivinar que la competencia iba a ser aún mayor que de costumbre. Para que leyeran mi postal, el contenido tenía que ser conmovedor.

—¡Y aquí va nuestra siguiente postal! De Romeo, de la clase 4 de segundo. ¿Y qué nos cuenta

Romeo? Pues Romeo dice así: «Quiero hablar de mi compañera de clase, A. H. Es una chica dulce y tranquila, de pelo largo. Su rostro, en frágil, recuerda a la Nausicaä de *El valle del viento*[*]. Es alegre y siempre había sido la delegada de la clase. Para la Fiesta de la Cultura, este noviembre, hacemos *Romeo y Julieta,* y ella tenía que hacer de Julieta y yo de Romeo. Sin embargo, justo al empezar los ensayos, ella se puso enferma y dejó de asistir a clase. Tuvimos que buscarle una sustituta, y ahora yo tengo que representar *Romeo y Julieta* con otra chica. Después he sabido que tiene leucemia. Ahora está en el hospital, siguiendo un tratamiento. Según los compañeros de clase que han ido a verla, a causa de los medicamentos, ha perdido por completo su larga melena y ha adelgazado tanto que apenas se la reconoce. Esta noche también la pasará tendida en la cama del hospital. Es posible que escuche este programa. Pido "Tonight", de *West Side Story,* para ella, que ya no podrá interpretar a Julieta en la Fiesta de la Cultura».

—¿Qué era aquello? —me dijo Aki al día siguiente en la escuela, viniendo directa hacia mí—. La postal de ayer la escribiste tú, ¿verdad?

—¿De qué me hablas?

—No te hagas el tonto. Era Romeo, de la clase 4 de segundo. ¿Cómo puedes inventarte una cosa así? Que tengo leucemia, que se me cae el pelo, que estoy tan flaca que no se me reconoce...

—Al principio, te puse bien.

—Una frágil Nausicaä... —dijo ella soltando un hondo suspiro—. Mira, sobre mí pon lo que te dé

---

[*] Película de dibujos animados de Hayao Miyazaki. *(N. de la T.)*

la gana. Pero en este mundo hay personas que están enfermas y sufren, ¿lo sabías? Y aunque hables en broma, me parece odioso que te valgas de una cosa así para captar la simpatía de los demás.

El sensato discurso de Aki me molestó. Pero su enfado me gustó más de lo que me disgustaron sus palabras. Tuve la sensación de que un refrescante soplo de aire me llenaba el pecho. Sentí un ramalazo de simpatía hacia Aki y, al mismo tiempo, la vi por primera vez como a una chica. En aquella bocanada de aire había también grandes dosis de satisfacción hacia mí mismo.

4

En tercero volvimos a ir a clases distintas. Sin embargo, como ambos seguimos siendo delegados, tuvimos la oportunidad de vernos una vez por semana, en las reuniones de representantes de los alumnos que hacíamos después de las clases. Además, desde finales del primer trimestre, Aki empezó a venir a estudiar a la biblioteca. Durante las vacaciones de verano, acudió casi todos los días. También yo, una vez finalizaron los torneos municipales y, con ellos, los entrenamientos de kendo, empecé a ir a la biblioteca a ganarme la paga. Además, por las mañanas me acostumbré a preparar el examen de ingreso en bachillerato en la sala de lectura, que disponía de aire acondicionado. Por lo tanto, las ocasiones de estar juntos aumentaron y Aki y yo estudiábamos juntos, o bien, en los descansos, charlábamos mientras saboreábamos un helado.

—No estoy nada motivado, ¿sabes? —le dije—. No me entra en la cabeza eso de estudiar en vacaciones.

—Es que a ti no te hace ninguna falta. Te lo sacas seguro.

—No se trata sólo de eso. Hace poco estuve leyendo la revista *Newton* y ponía que, en el año 2000, un asteroide chocaría contra la Tierra y que el ecosistema quedaría totalmente alterado.

—¡Ah! —asintió distraídamente Aki lamiendo el helado con la punta de la lengua.

—¿Cómo que «¡ah!»? —dije yo muy serio—. El agujero de la capa de ozono es cada año mayor y las selvas tropicales están disminuyendo. A este paso, cuando tú y yo seamos abuelos, los seres vivos ya no podrán vivir en la Tierra.

—¡Qué fuerte!

—Dices «¡qué fuerte!», pero no parece que lo veas así.

—Lo siento —dijo ella—. Es que no acabo de hacerme a la idea. ¿Tú sí, Matsumoto?

—Dicho de ese modo...

—No, ¿verdad?

—Te hagas a la idea o no, ese día va a llegar.

—Entonces, ¿qué le vamos a hacer?

Oyéndola, me dio la sensación de que estaba en lo cierto.

—No vale la pena preocuparse por lo que va a suceder dentro de un montón de años.

—¡Oye, que sólo estamos hablando de dentro de diez años!

—Nosotros tendremos veinticinco —dijo Aki con una mirada lejana—. Pero vete a saber, para entonces, lo que habrá sido de ti y de mí.

De pronto, me acordé de las hortensias de la montaña del castillo. Habían florecido ya dos veces desde aquel día, pero todavía no habíamos ido a verlas juntos. Eran tantas las cosas que requerían todos los días mi atención que me había olvidado por completo de las hortensias. Y lo mismo debía de haberle sucedido a Aki, sin duda. Y me dio la sensación de que, pese a la colisión del asteroide y el agujero en la capa de ozono, a principios del verano del año 2000 las hortensias seguirían floreciendo en la montaña del castillo. Y que no valía la pena apresurarse en ir a verlas porque siempre estarían allí para que las contempláramos cuando quisiésemos.

Y, de este modo, fueron transcurriendo las vacaciones de verano. Yo seguí preocupándome por los futuros problemas medioambientales del planeta mientras estudiaba las invasiones bárbaras, y a Cromwell y la guerra civil inglesa, y resolvía sistemas de ecuaciones y raíces cuadradas. De vez en cuando iba a pescar con mi padre. Me compré cedés nuevos. Charlaba con Aki mientras comíamos helados.

—Saku-chan.

La primera vez que Aki me llamó así, me tragué de golpe el helado que tenía medio derretido en la boca.

—¿A qué viene que me llames así, por las buenas?

—Tu madre siempre lo hace, ¿no, Matsumoto? —me dijo Aki sonriendo.

—Pero tú no eres mi madre.

—Pues yo ya lo he decidido. A partir de ahora voy a llamarte Saku-chan.

—¿Podrías hacerme el favor de no hacer y no decidir estas cosas por tu cuenta?

—Pues, mira. Yo ya he tomado una decisión.

Y así fue como Aki empezó a decidirlo completamente todo, hasta que dejé de saber quién era yo.

Poco después de empezar el segundo trimestre, ella se plantó de improviso un día ante mí, a la hora de comer, con un cuaderno en la mano.

—Toma —dijo depositando el cuaderno sobre mi pupitre.

—¿Y esto qué es?

—Un diario conjunto.

—¡Ah!

—Sabes de qué va, ¿verdad, Saku-chan?

Lancé un vistazo a mi alrededor.

—¿No puedes olvidarte de eso mientras estamos en la escuela? —le dije.

—No sé si tus padres también llevarían uno, Saku-chan.

¿Es que no me escuchaba, o qué?

—Un chico y una chica escriben lo que les ha ocurrido durante el día, lo que han pensado, lo que han sentido, y luego se lo intercambian para que el otro lo lea.

—¡Pues vaya rollo! A mí estas cosas no me van. ¿No podrías escoger a otro chico de la clase?

—Eso no se hace con cualquiera.

Aki parecía ofendida.

—Tiene que escribirse con bolígrafo o pluma, ¿no?

—O también con lápices de colores.

—¿Y no puede ser por teléfono?

Por lo visto, no. Ella cruzó los brazos por detrás de la espalda y se quedó mirando, alternativamente, a mí y al cuaderno. Cuando hice amago de abrirlo, sin ninguna intención especial, ella se lanzó sobre mí.

—¡No! Léelo en casa. Así es como funciona.

En la primera página, Aki se presentaba a sí misma. Fecha de nacimiento, horóscopo, grupo sanguíneo, aficiones, comida que le gustaba, color favorito, análisis del propio carácter. En la página de al lado había dibujada una chica, ella misma, al parecer, con lápices de colores, y tres franjas en las que ponía: «secreto», «secreto», «secreto».

—¡Increíble! —musité ante el cuaderno abierto.

En Navidades de tercero, murió la profesora de Aki. Había venido con nosotros en el viaje de curso del primer trimestre y todavía estaba bien, pero a principios del segundo trimestre había empezado a faltar a clase. Yo me había enterado de que estaba enferma por Aki. Cáncer, por lo visto. Tenía sólo unos cincuenta años. El funeral se celebró al día siguiente de acabar las clases y asistieron todos los alumnos de la clase de Aki, y también asistimos los delegados de curso. Como no cabíamos todos en la sala principal del templo, participamos en el funeral presenciando la ceremonia desde fuera. Hacía un frío que penetraba hasta el tuétano de los huesos. La letanía de sutras parecía que iba a perpetuarse hasta la eternidad. Nosotros nos íbamos dando empujoncitos los unos a los otros intentando no perecer por congelación.

Cuando, finalmente, el funeral dio paso a la ceremonia fúnebre, algunas personas, empezando por la directora del colegio, pronunciaron palabras de condolencia. Aki fue una de ellas. Nosotros dejamos de darnos empellones y escuchamos con atención. Ella fue leyendo el discurso con voz reposada. El llanto no anegó su voz en ningún momento. Por supuesto, la que nosotros escuchamos no era su voz natural, sino la que nos llegaba distorsionada a través de los altavoces. Pese a ello, se la reconocía con toda claridad. Sólo que, empañada por la tristeza, parecía más madura de lo habitual. Yo me entristecí un poco pensando que ella había seguido sola hacia delante dejándonos a todos nosotros atrás, en una infancia perpetua.

Con un sentimiento que rayaba en el desasosiego, busqué a Aki entre las cabezas que atestaban el recinto del templo. Miré en todas direcciones hasta que divisé su figura, un poco inclinada hacia delante, leyendo el discurso sobre la tarima del micrófono, instalada a la entrada de la sala principal. Y tuve una especie de revelación. La chica enfundada en el uniforme marinero que yo conocía se había convertido en otra persona. No. Aquélla era Aki. Eso era seguro. Pero algo había sufrido un cambio definitivo. Apenas oía el discurso fúnebre. Sólo tenía ojos para la figura de Aki dibujándose en la distancia.

—No podría ser otra que Hirose —dijo uno a mi lado.

—Por su cara no lo dirías, pero la chica tiene agallas —convino otro.

En aquel momento, un rayo de sol se abrió paso entre los gruesos nubarrones e inundó el patio de luz. Iluminó a Aki, que proseguía su discurso, recortando nítidamente su figura contra las oscuras sombras de la sala principal. ¡Ah! Aquélla era la Aki que yo conocía. La Aki que intercambiaba conmigo aquel caprichoso diario, la Aki que me llamaba «Saku-chan» como si hubiéramos crecido juntos. Su presencia, tan cercana que había acabado por ser transparente, ahora se manifestaba como la de una niña que se estaba haciendo mujer. Igual que un cristal de roca que has olvidado sobre la mesa y que ahora, al mirarlo desde un ángulo distinto, empieza a lanzar unos hermosos destellos irisados.

De pronto, me asaltó el impulso de echar a correr. Junto con la alegría que colmaba mi corazón, tuve conciencia por primera vez de ser uno de los chicos que estaban enamorados de Aki. Pude comprender los celos que los demás habían mostrado. No sólo eso. Incluso yo estaba ahora celoso de mí mismo. En lo más hondo de mi corazón, brotó la pasión ácida de unos celos hacia mí, que tenía la fortuna de estar, sin merecerlo, junto a Aki, hacia mí, que había compartido, sin más, tantas horas de intimidad con ella.

5

Tras graduarnos en secundaria, ya en el instituto, volvimos a ir a la misma clase. En aquella época, mi amor por Aki era ya imposible de ocultar. Era tan obvio que estaba enamorado de ella como que yo era yo. Si alguien me hubiese preguntado: «A ti te gusta Hirose, ¿verdad?», seguro que le habría respondido: «¡No me digas! ¡Pues claro!». Así lo sentía yo. Excepto en la clase de discusión de actividades, podíamos elegir el asiento que nos gustara, así que nosotros pegábamos nuestras mesas y nos sentábamos juntos. En el instituto, como era de esperar, ya no había nadie que nos tomara el pelo por nuestra estrecha relación de pareja ni que me tuviera celos. Nuestra existencia había pasado a formar parte del decorado cotidiano, como la pizarra o el jarrón del aula. Era más bien algún profesor el que se entrometía diciendo: «Qué bien os lleváis, ¿no?», o alguna estupidez semejante. Nosotros respondíamos sonrientes: «Sí, gracias», aunque en nuestro fuero interno, molestos, pensáramos: «¿Y tú por qué no te metes en tus asuntos?».

En abril habíamos empezado a leer *Taketori monogatari*[*] y acabábamos de entrar en la parte más interesante de la historia. «Para proteger a la princesa de los emisarios de la luna, el emperador decide rodear su palacio de soldados. Sin embargo, los emisarios logran llevarse consigo a la princesa. Lo único que ella deja atrás es una carta para el emperador y el elixir de la inmortalidad. Sin embargo, el emperador no quiere vivir eternamente en un mundo donde no esté la princesa. Y ordena que quemen el elixir en la cima del monte más cercano a la luna.» Éste es el pasaje que explica los orígenes del nombre del monte Fuji y, con este pasaje, la historia llega apaciblemente a su fin.

Mientras escuchaba cómo el profesor explicaba el trasfondo de la historia, Aki, con los ojos clavados en el texto, parecía reflexionar sobre lo que acababa de leer. Su flequillo le caía hacia delante cubriéndole el

---

[*] *Taketori monogatari (Cuento del cortador de bambú)* data del año 909. Se considera la primera obra de ficción escrita en prosa de la literatura japonesa. *(N. de la T.)*

bonito puente de la nariz. Miré la oreja que le asomaba entre el cabello. Miré los labios ligeramente fruncidos. Todas y cada una de estas partes estaban dibujadas con unas líneas tan delicadas que jamás hubiesen podido ser trazadas por la mano del hombre y, contemplándola, me maravillé de cómo todas ellas habían confluido en aquella jovencita llamada Aki. Y aquella chica tan hermosa estaba enamorada de mí.

De pronto, tuve una horrible certeza. Por más tiempo que viviera, jamás podría esperar una felicidad mayor que la que sentía en aquel momento. Lo único que podía hacer era intentar conservarla para siempre. Me horrorizó la felicidad que sentía. Si la porción de dicha que corresponde a cada uno estaba fijada de antemano, en aquellos instantes quizá estuviera agotando la parte que a mí me correspondía para mi vida entera. Y, algún día, los mensajeros de la luna me arrebatarían a mi princesa. Entonces sólo me quedaría un tiempo tan largo como la vida eterna.

De pronto, me di cuenta de que Aki me estaba mirando. ¿Tan seria era mi expresión? Porque la sonrisa que ella esbozaba se borró súbitamente de su rostro.

—¿Qué te pasa?

Negué con un forzado movimiento de cabeza.

—Nada.

Después de clase, todos los días regresábamos juntos a casa. Recorríamos el camino de vuelta tan despacio como nos era posible. A veces, para disponer de más tiempo, dábamos un rodeo. Con todo, en un santiamén llegábamos a la bifurcación donde teníamos que separarnos. Era extraño. Aquel camino, cuando lo recorría solo, me parecía largo y aburrido, pero cuando iba con Aki, charlando, hubiera querido seguir andando eternamente. Ni siquiera notaba el peso de la cartera atiborrada de libros de texto y diccionarios.

«Posiblemente, en la vida nos ocurra lo mismo», pensé unos años más tarde. «Una vida solitaria se hace larga y tediosa. Sin embargo, cuando la compartes con la persona amada, en un santiamén llegas a la bifurcación donde tienes que decirte adiós.»

6

Después de que mi abuela muriera, mi abuelo se quedó un tiempo a vivir con nosotros, pero, tal como ya he escrito antes, dijo que aquélla no era casa para un viejo y se mudó él solo a un apartamento. Mi abuelo había nacido en el campo y, hasta la época de su padre, la familia había poseído grandes extensiones de tierra. Sin embargo, a raíz de la revolución agraria, aquella antigua familia se arruinó y el heredero, mi abuelo, decidió ir a Tokio a probar suerte en el mundo de los negocios. Sacó partido del río revuelto de la posguerra y se enriqueció, volvió al campo y, a sus treinta años, fundó una empresa de elaboración de productos alimenticios. Se casó con mi abuela y nació mi padre. Según me contó mamá, la empresa de mi abuelo, a caballo del desarrollo económico acelerado, creció a buen ritmo y la familia llegó a nadar en la abundancia. Sin embargo, cuando mi padre acabó el bachillerato, mi abuelo dejó en manos de sus subordinados, sin más, la empresa que tanto esfuerzo le había costado levantar, se presentó a las elecciones y fue elegido diputado. Tras formar parte del parlamento durante más de una década, su fortuna se había desvanecido casi por completo en la financiación de campañas electorales. Por la época en que murió mi abuela, ya no les quedaba otra propiedad de valor que la casa. Poco después se retiró de la política y ahora llevaba, en soledad, una vida reposada y confortable.

Desde secundaria, empecé a ir a visitarlo, de vez en cuando, a su apartamento pensando que hacía una obra de caridad, y le contaba cómo me iba en la escuela, o tomábamos una cerveza juntos mientras veíamos algún combate de sumo por la televisión. A veces, era mi abuelo el que me contaba cosas de cuando era joven. También me hablaba de una chica de la que se enamoró cuando tenía diecisiete o dieciocho años y de cómo las circunstancias habían impedido que se casaran.

—Ella estaba enferma del pecho —me dijo, como solía hacer, mientras bebía a pequeños sorbos una copa de burdeos—. Hoy en día, la tuberculosis se cura en nada gracias a los medicamentos, pero, entonces, el único remedio posible era una buena alimentación, aire puro y descanso. En aquella época, si una mujer no era fuerte, no podía resistir la vida de casada. No había electrodomésticos, ya sabes. Y hacer la comida y la colada era un trabajo muy duro. Además, yo, como todos los jóvenes de mi generación, estaba dispuesto a morir por mi país. Los dos nos queríamos, pero no podíamos casarnos. Eso lo sabíamos tanto ella como yo. Eran tiempos muy difíciles aquéllos.

—¿Y qué pasó? —le pregunté bebiendo una lata de café.

—A mí me llamaron a filas y pasé muchos años en el ejército —prosiguió mi abuelo—. No imaginaba que volviéramos a vernos jamás. Creía que ella moriría mientras yo estaba en el frente, y tampoco yo esperaba sobrevivir, la verdad. Así que, cuando nos separamos, nos juramos unirnos en el otro mundo —dijo espaciando las palabras y con la mirada perdida en la distancia—. Sin embargo, la fortuna es irónica y, al acabar la guerra, los dos seguíamos con vida. Cuando piensas que el futuro no es posible, es sorprendente lo puro que te vuelves, pero, al encontrarte vivo, renacen los deseos. Y yo quería casarme con ella, fuera como fuese, así que me propuse ganar dinero. Porque si lo tenía, por más enferma de tuberculosis que estuviera, yo podría hacerme cargo de ella y cuidarla.

—¿Por eso fuiste a Tokio?

Mi abuelo asintió.

—Tokio era todavía un erial de tierra calcinada —prosiguió—. Faltaba la comida, la inflación era espantosa. La situación rayaba en la anarquía y la gente, al borde de la desnutrición, vagaba por las calles con ojos desquiciados. También yo estaba dispuesto a todo por ganar dinero. Hice un montón de cosas vergonzosas. No llegué a matar a nadie, pero, excepto eso, hice de todo. Sin embargo, mientras yo me mataba trabajando, se descubrió un medicamento eficaz contra la tuberculosis. La estreptomicina.

—Sí, ya la he oído nombrar.

—Y ella se curó.

—¿Se curó?

—Sí. Fue una suerte que se curara. Pero, una vez restablecida, ya se podía casar. Y sus padres, como es natural, quisieron que lo hiciera antes de que se le pasara la edad.

—¿Y tú, abuelo?

—Yo no merecí su confianza.

—Pero ¿por qué?

—Había estado metido en negocios sucios. Incluso había estado en la cárcel. Y los padres de ella, por lo visto, lo sabían.

—Pero tú lo habías hecho por ella, ¿verdad?

—Sí, ésas eran mis razones, pero ellos no lo vieron así. Para su hija preferían un hombre honesto, como es natural. Creo que le encontraron un maestro de escuela o algo parecido.

—¡Vaya chorrada!

—Así eran las cosas en aquella época —dijo mi abuelo con una risita—. Hoy nos puede parecer una tontería, pero, en aquellos tiempos, los hijos no podían desobedecer a los padres. Además, una chica de buena familia como ella, enfermiza, que siempre había dependido de sus cuidados, no podía, por ningún concepto, rehusar al pretendiente que le habían buscado sus padres y decir que quería casarse con otro hombre.

—¿Y qué pasó entonces?

—Pues que se casó. Y yo me casé con tu abuela y nació tu padre. Que, por cierto, es un cabeza cuadrada que...

—Volviendo a lo nuestro, ¿entonces tú te resignaste? ¿Olvidaste a la chica?

—Ésa era mi intención. Y creo que ella, por su parte, pensaba lo mismo que yo. El destino no había querido que nos uniésemos en este mundo.

—Pero no pudiste sacártela de la cabeza, ¿verdad?

36

Mi abuelo achicó los ojos y me clavó la mirada en el rostro, como si estuviera tasándomelo. Al fin, abrió la boca y dijo:

—Ya te hablaré de ello en otra ocasión. Cuando seas un poco mayor, Saku.

Mi abuelo reanudó su relato cuando yo ya había ingresado en bachillerato. Un día, después de las vacaciones de verano, justo al empezar el segundo trimestre, me pasé por el apartamento de mi abuelo a la vuelta de clase y nos tomamos una cerveza mientras, como de costumbre, mirábamos la retransmisión de sumo por televisión.

—¿Quieres comer algo? —me dijo al acabar el sumo.

—No, gracias, abuelo. Seguro que mamá me está esperando con la comida hecha.

Tenía sobradas razones para rechazar su invitación. Sus cenas se componían casi por completo de comida enlatada. Carne de vaca en conserva, estofado de ternera en conserva, sardinas asadas con salsa de soja en lata. Incluso la verdura eran espárragos en conserva. Y todo ello se complementaba con un *misoshiru*[*] instantáneo. Eso es lo que mi abuelo comía todos los días. Alguna que otra vez, mi madre iba a hacerle la comida o venía él a comer a casa, pero la alimentación de mi abuelo constaba básicamente de conservas. Si se lo hacías notar, decía que los ancianos no tienen por qué preocuparse demasiado por la nutrición y que

---

[*] Sopa de *miso* (pasta de soja fermentada). *(N. de la T.)*

lo fundamental era comer lo mismo todos los días y a la misma hora.

—Es que he pensado que podíamos pedir anguila —dijo mi abuelo cuando me disponía a irme.

—¿Y por qué?

—¿Cómo que por qué? No hay ninguna ley que nos prohíba comer anguila, supongo.

Mi abuelo encargó por teléfono dos raciones de *unajû* y, mientras esperábamos a que nos lo trajeran, nos tomamos otra cerveza frente al televisor. Mi abuelo descorchó, como siempre, una botella de vino. Y lo dejó reposar entre treinta minutos y una hora para empezar a bebérselo después de cenar. No había alterado sus costumbres desde que había dejado nuestra casa y seguía bebiéndose una botella de burdeos cada dos días.

—Hoy tengo que pedirte un favor, Saku —me dijo mi abuelo con toda formalidad mientras se tomaba la cerveza.

—¿Un favor? —pregunté. Sentado allí, pescado por la anguila, me asaltó un extraño presentimiento.

—Es un poco largo de contar.

Mi abuelo se acercó a la cocina y trajo sardinas en aceite. De lata, por supuesto. Mientras picábamos filetes de sardina y bebíamos cerveza, llegó la anguila. Cuando terminamos de comernos el *unajû* y de tomarnos el consomé, mi abuelo aún no había finalizado su relato. Empezamos a bebernos el vino. A aquel ritmo, para cuando cumpliera los veinte años ya me habría convertido en un alcohólico notable. Pero yo debía de tener una alta tolerancia al alcohol porque, si bebía con moderación, no me emborrachaba. No era, en absoluto, uno de esos niños que se indisponen con un bocado de *narazuke*[*].

Cuando mi abuelo concluyó su relato, ya casi habíamos dado fin a la botella de vino.

—Aguantas bien la bebida, ¿eh, Saku?

—Soy tu nieto, abuelo.

—Tu padre es mi hijo y no bebe ni gota.

—Pues debe de ser un atavismo.

—¡Ah, ya! —dijo mi abuelo asintiendo con un teatral movimiento de cabeza—. Y lo que te he pedido, ¿qué? ¿Vas a hacerlo?

7

Al día siguiente, por la resaca, me dolía la cabeza y no estaba ni para la trigonometría ni para el estilo indirecto. Me pasé la mañana oculto detrás del libro de texto, conteniendo las ganas de vomitar, y no fue hasta la clase de gimnasia, a la cuarta hora, cuando empecé a encontrarme mejor. Almorcé en el patio, junto a Aki. Al mirar el chorrito de agua de la fuente volví a sentirme indispuesto, así que cambié de posición el banco y nos sentamos de espaldas al surtidor. Le expliqué a Aki la historia que mi abuelo me había contado la noche anterior.

—O sea que tu abuelo siguió pensando en ella durante toda su vida —repuso Aki. Me pareció que tenía los ojos humedecidos.

---

* Verduras y tubérculos (nabos, etcétera) adobados en heces de sake. *(N. de la T.)*

—Eso parece —asentí yo con sentimientos encontrados—. Por lo visto, no pudo sacársela nunca de la cabeza.

—Y ella tampoco pudo olvidar a tu abuelo.

—Un poco raro, ¿no?

—¿Por qué?

—¿Cómo que por qué? Pues porque transcurrió medio siglo. Y lo normal es que, con el tiempo, se produzcan algunos cambios, ¿no?

—¿Y tú no encuentras maravilloso que dos personas sigan enamoradas durante cincuenta años? —dijo Aki con aire soñador.

—Recuerda que el tiempo pasa para todos los seres vivos. Y que ninguna célula, a excepción de las células madre, puede escapar del envejecimiento. A ti también te irán saliendo arrugas en la cara, ¿sabes?

—¿Y adónde quieres ir a parar?

—Pues que, por más que tuvieran veinte años cuando se conocieron, después de cincuenta, habían cumplido ya los setenta.

—¿Y?

—Pues que morir de amor por una abuela de setenta años me parece un poco macabro, la verdad.

—¿Ah, sí? Pues yo lo encuentro maravilloso —me espetó Aki. Parecía algo enfadada.

—¿Y luego qué? ¿Que se vean en un hotel de vez en cuando, o algo por el estilo?

—Déjalo, ¿vale? —Aki me miró con ojos furibundos.

—Pues, mira. Mi abuelo es muy capaz de hacerlo.

—Eso tú. Eres tú quien sería capaz de hacerlo.

—¿Yo? ¡Qué va!

—¡Y tanto que sí!

Dejamos la discusión en tablas y la reanudamos, por la tarde, en la clase de ciencias. El profesor de biología nos explicaba que el ADN del ser humano coincide en un 98,4% con el del chimpancé. La diferencia genética entre ambos es menor que entre el chimpancé y el gorila. Por lo tanto, se puede afirmar que la especie más cercana al chimpancé no es el gorila, sino el hombre. Al oírlo, toda la clase se echó a reír. ¿Dónde estaba la gracia? ¡Hatajo de idiotas!

Aki y yo, sentados en los asientos de la última fila, seguíamos hablando de mi abuelo.

—Pero eso es adulterio, ¿no? —dije planteando la cuestión crucial.

—Para nada. Eso es amor puro —me contradijo Aki de inmediato.

—Pero tanto mi abuelo como aquella mujer estaban casados.

Ella reflexionó unos instantes.

—Desde el punto de vista de sus respectivas parejas tal vez fuera adulterio, pero, desde su propio punto de vista, aquello, sin duda, era amor puro.

—O sea, que según la perspectiva desde la que lo mires, puede ser adulterio o amor puro, ¿no?

—Creo que el criterio es distinto.

—¿A qué te refieres?

—A que el concepto de adulterio no deja de ser una convención social. Y puede cambiar según la época. En una sociedad polígama, tendría un sentido completamente distinto. Pero seguir enamorado de alguien durante más de cincuenta años es algo que va más allá de la cultura y de la historia.

—¿También va más allá de la especie?

—¿Cómo?

—Que quizá un chimpancé también pueda seguir enamorado de una chimpancé durante cincuenta años.

—Eso no lo sé.

—Vamos, que el amor puro es superior al adulterio.

—No creo que «superior» sea la palabra adecuada.

Justo en el instante en que la discusión alcanzaba su punto culminante, el profesor exclamó:

—¡Vosotros dos, que desde hace rato no paráis de hablar!

Y, como castigo, nos hizo ponernos de pie al fondo de la clase. «¡Eso es el poder!», pensé yo. Estaba permitido hablar sobre la posibilidad de un cruce entre un ser humano y un chimpancé, pero no sobre el amor entre un hombre y una mujer que trascendiera el tiempo. De pie, seguimos discutiendo entre susurros sobre la historia de mi abuelo.

—¿Crees en el otro mundo?

—¿Y por qué lo dices?

—Porque mi abuelo y aquella chica se juraron reunirse en el otro mundo.

Aki reflexionó unos instantes.

—No, yo no creo —dijo.

—Pero tú, cada noche, antes de acostarte, rezas, ¿no?

—Es que yo creo en Dios —dijo Aki con resolución.

—¿Y qué diferencia hay entre Dios y el otro mundo?

—No sé. A mí me da la sensación de que el otro mundo es algo que nos hemos inventado porque nos conviene. ¿A ti no?

Me lo pensé un poco.

—Entonces mi abuelo no podrá estar junto a ella tampoco en el otro mundo, ¿no?

—Bueno, sólo se trata de lo que yo creo o dejo de creer —dijo Aki en tono de disculpa—. Y tu abuelo y ella pensaban de otro modo.

—También es posible que Dios sea algo que nos hemos inventado porque nos conviene, ¿no? Ya se ve en lo de «rogarle a Dios» o cosas por el estilo.

—Mi Dios no tiene nada que ver con eso.

—¿O sea que hay muchos dioses? ¿O diferentes tipos de ellos?

—Aunque no crea en el paraíso, puedo respetar a Dios. Y es porque temo a Dios por lo que le rezo todas las noches.

—¿Para que no te castigue?

Al final, nos sacaron al pasillo. Nosotros no escarmentamos y seguimos enzarzados en una discusión sobre Dios y el paraíso hasta que acabó la clase y nos llamaron a la sala de profesores, donde tuvimos que soportar la reprimenda del profesor de biología y la del tutor de la clase. «Está muy bien que seáis tan amigos», nos dijeron. «Pero atended más en clase.»

Cuando cruzamos el portal de la escuela, ya casi anochecía. Nos dirigimos en silencio hacia el parque Daimyô. A medio camino, hay un campo de deporte y un museo de historia. También hay una cafe-

43

tería llamada Barrio del Castillo. Habíamos ido una vez, pero el café era tan malo que no habíamos vuelto. Dejamos atrás las antiguas bodegas y llegamos a orillas del riachuelo que atraviesa la ciudad. Hasta que no hubimos cruzado el puente, Aki no despegó los labios.

—Pero, al final, ellos no pudieron estar juntos —dijo con tono de querer volver a la historia—. A pesar de haber esperado veinte años.

—Por lo visto, tenían la intención de casarse una vez muriera el marido de ella —dije. Yo también había estado pensando, como es lógico, en la historia de mi abuelo—. Porque, después de la muerte de mi abuela, él estaba solo.

—¿Cuánto tiempo hacía de eso?

—Más de diez años. Pero ella se murió antes que el marido. Total, que no pudieron.

—¡Qué historia tan triste!

—Pues a mí me parece ridícula, la verdad.

La conversación se interrumpió. Andábamos más cabizbajos que de costumbre. Tras dejar atrás la verdulería y el taller del tejedor de tatami y girar la esquina de la barbería, pronto llegaríamos a casa de Aki.

—Saku-chan, ayúdalo, por favor —dijo ella como si, de pronto, tomara conciencia del poco camino que nos quedaba por recorrer.

—Eso es muy fácil de decir. Pero se trata de profanar una tumba, ni más ni menos.

—¿Tienes miedo?

—Pues no es para tomárselo a broma.

—A ti no te van esas cosas, ¿eh, Saku-chan?

Se estaba riendo.

—¿A qué viene tanta guasa?

—¡Oh! A nada en especial.

Finalmente, avistamos su casa. Yo debía girar a la derecha, cruzar la carretera nacional y dirigirme a la mía. Faltaban unos cincuenta metros. Sin que ninguno lo propusiera, los dos fuimos aminorando el paso hasta que nos detuvimos con la intención de seguir hablando.

—Pero eso es un delito —dije yo.

—¿Ah, sí? —dijo ella levantando la cabeza, perpleja.

—Lógico, ¿no te parece?

—¿Y qué tipo de delito es?

—Un delito sexual, evidentemente.

—¡Mentira!

Al reírse, el pelo que descansaba sobre sus hombros se balanceó un poco haciendo resaltar la blancura de su blusa. Nuestras dos sombras alargadas se doblaban en la parte superior, proyectándose sobre el muro de cemento que estaba enfrente.

—De todas formas, si me descubren, me expulsarán de la escuela durante un tiempo.

—Bueno, en ese caso, yo iré a visitarte a casa.

¿Lo decía para darme ánimos?

—¡Y te quedas tan tranquila! ¿Eh? Tú siempre serás la misma —musité en un suspiro.

8

Había dicho a mis padres que me quedaba a dormir en casa del abuelo. Era la noche de un sábado. Para cenar, pedimos que nos trajeran *sushi*. Mi abuelo se permitió el lujo de pedir el especial. Aunque, la verdad, yo era incapaz de apreciar la diferencia entre el atún y el erizo de mar. Y la oreja marina me supo igual que si mascara un duro trozo de goma. Aquella noche no hubo ni cerveza ni burdeos y, mientras mirábamos la retransmisión del béisbol profesional por televisión, tomamos té y, luego, café. Interrumpieron la emisión a medio partido.

—¿Qué? ¿Vamos? —dijo mi abuelo.

El cementerio estaba en las afueras, al este de la ciudad, en un templo dedicado a la esposa de un antiguo señor feudal. Nos apeamos del taxi cerca del templo. Estaba en los barrios altos, en la zona donde cortan primero el agua en verano cuando hay sequía. El aire era frío a pesar de ser sólo septiembre.

Tras atravesar el pequeño portal contiguo a la escalera de piedra que conducía a la sala principal del templo, nos topamos con un sendero de tierra rojiza que se extendía en línea recta hasta el cementerio. A mano izquierda, había una pared pintada de blanco y, más allá, lo que parecían ser las dependencias de los monjes. No se veía un alma. Sólo un punto de luz tenue en una ventana que debía de ser la del lavabo. A mano derecha, había unas antiguas tumbas que se remontaban a la época del shogunato. Las inclinadas tablillas donde figuraba el epitafio y las lápidas de cantos redondeados flotaban en la oscuridad bañadas por la luz de la luna. Los viejos cedros y cipreses que crecían en la ladera de la montaña cubrían el camino de modo que apenas se vislumbraba el cielo. Al final del sendero, nos topamos con la tumba de la esposa del señor feudal. En las tinieblas, se alineaban lápidas de extrañas formas: cúbicas, esféricas y cónicas. Las rodeamos por el lado izquierdo, adentrándonos aún más en el cementerio. Llevábamos una pequeña linterna, pero, a fin de no alertar a los moradores del templo, avanzábamos confiando únicamente en la luz de la luna.

—¿Dónde está? —le pregunté a mi abuelo, que me precedía.

—Más allá.

—¿Ya habías venido antes?

—Sí —dijo, lacónico.

Aunque así fuera, ¿cuántas tumbas debía de haber allí? Las suaves pendientes del valle estaban cubiertas casi por entero de lápidas. Y una tumba no tenía por qué contener necesariamente los restos de una sola persona. Si tomábamos como media que cada una contenía las cenizas de dos o tres, no podía ni imaginar cuántos muertos habría enterrados allí. De día, había visitado muchas veces el cementerio. Pero era la primera vez que iba a aquellas horas. Y por la noche, a diferencia de lo que sucede bajo la luz del sol, la presencia, el hálito de la muerte deviene algo intensamente vívido y palpable. Al alzar la mirada, descubrí unos murciélagos revoloteando por las copas de los gigantescos árboles que cubrían el camino.

De pronto, un cielo cuajado de estrellas se vertió dentro de mis ojos. Mirándolo, arrobado, acabé topando con la espalda de mi abuelo.

—¿Es aquí?

—Sí.

Era una tumba corriente. También la lápida era de tamaño normal y un poco envejecida.

—¿Qué hacemos?

—Ante todo, rezar.

Mientras yo me decía que era muy extraño ponerse a rezar cuando vas a profanar una tumba, mi abuelo encendió unas barritas de incienso que llevaba, hizo la ofrenda, juntó respetuosamente las palmas de las manos y se quedó inmóvil ante la lápida. ¡Y qué remedio! Plantado como una estaca a sus espaldas, yo también acabé uniendo las palmas de las manos. Opté por pensar que aquello era una especie de acto de desagravio hacia los otros moradores de la tumba.

—Bueno —dijo mi abuelo—. Ahora vamos a cambiar esto de sitio.

Entre los dos, cogimos el incensario de piedra donde acabábamos de ofrendar el incienso y lo apartamos.

—Alúmbrame con la linterna.

Detrás del incensario estaba encajada la base de la lápida. Mi abuelo introdujo el destornillador que llevaba entre las dos piedras y raspó a lo largo de la hendidura. Entonces, la base empezó a ceder, poco a poco. Al final, mi abuelo hincó las uñas en la base de la lápida y la extrajo tirando con cuidado hacia sí. Apareció una cavidad de piedra bastante espaciosa. Larga y profunda. Dentro habría cabido sin dificultad un hombre en cuclillas.

—Pásame la linterna.

Mi abuelo cogió la linterna y, acto seguido, se tendió boca abajo e introdujo la parte superior del cuerpo dentro de la tumba. Yo le sujetaba las piernas por encima de las rodillas para que no se cayera dentro. Estuvo hurgando un rato en su interior hasta que me devolvió la linterna y extrajo cuidadosamente con ambas manos una urna parecida a un tarro de ciruelas encurtidas. Yo observaba sus acciones en silencio.

Mi abuelo comprobó el nombre escrito en el culo de la urna bajo el haz de luz de la linterna. Luego, sacó el cordón que colgaba de la urna y la abrió despacio. Dentro debían de estar los pequeños fragmentos de hueso. Transcurrió mucho tiempo. «¡Abuelo!» Cuando al fin me decidí a llamarlo, me di cuenta de que sus hombros temblaban ligeramente bajo la luz de la luna.

Mi abuelo cogió sólo un pellizco de cenizas y lo metió dentro de una cajita de paulonia que tenía preparada. La cantidad era tan modesta que me entraron ganas de decirle: «¡Con el trabajo que nos ha costado, bien podías coger un puñado, hombre!». Mi abuelo se quedó absorto, con los ojos clavados en el interior de la urna hasta que, al fin, la tapó y le colgó de nuevo el cordón. Mientras lo agarraba por las rodillas, como antes, devolvió la urna al interior de la tumba. Fui yo quien colocó de nuevo la base de la lápida. En la superficie de la piedra habían quedado grabadas, aquí y allá, las raspaduras que mi abuelo había hecho con el destornillador.

Cuando el taxi nos dejó frente a la casa de mi abuelo, ya casi era medianoche. Brindamos con cerveza fría. Junto con una extraña sensación de triunfo, me embargaba un indefinible sentimiento de soledad.

—Siento haberte entretenido hasta tan tarde, Saku —me dijo ceremoniosamente mi abuelo.

—No pasa nada —repuse mientras llenaba de cerveza su vaso medio vacío—. Además —añadí con modestia—, hubieras conseguido hacerlo tú solo, abuelo.

Mi abuelo rozó el vaso con los labios y se quedó pensando algo con expresión ausente. Luego se levantó y cogió un libro de la estantería.

—Has estudiado poesía china, ¿verdad, Saku? —dijo mi abuelo abriendo un libro muy viejo—. Anda, lee este poema. A ver si lo entiendes.

Se titulaba *La liana que crece*[*]. Eché una ojeada a la versión japonesa de aquel antiguo texto chino sin signos de puntuación.

—¿Entiendes de qué trata?

—Pues dice que los entierren juntos cuando se mueran.

Mi abuelo asintió en silencio.

—«Días de verano, noches de invierno, dentro de muchos años, enterradme a su lado» —dijo recitando el último fragmento de memoria—. Dice: «Tú yaces aquí durante los largos días de verano y durante las largas noches de invierno. Dentro de muchos años, yo también descansaré junto a ti. Espero en paz a que llegue este día».

—Se había muerto la persona que amaba, ¿verdad?

—Por más que hayamos progresado, los sentimientos verdaderos de las personas no han cambiado. Este poema fue escrito hace dos mil años, o quizá más. Data de una época muy antigua. De mucho antes de que se estableciera el *zekku*[**] o cualquiera de las otras métricas que tú has estudiado en la escuela. Pero la emoción de la persona que escribió estos versos nos llega perfectamente a nosotros todavía hoy. Y esa emoción la puede comprender cualquiera, aunque no tenga estudios o cultura.

---

[*] En chino, *Ge Sheng*. Pertenece al clásico anónimo chino *Libro de las odas* recopilado por Confucio. *(N. de la T.)*

[**] Estrofa china que consiste en introducción, desarrollo, cambio y conclusión. *(N. de la T.)*

La cajita de paulonia descansaba sobre la mesa. Alguien que no supiera de qué iba el asunto habría supuesto que contenía un cordón umbilical o alguna condecoración. Ofrecía una sensación extraña.

—Quédatela —soltó de improviso mi abuelo—. Y, cuando yo muera, esparce sus cenizas junto con las mías.

—¡Eh! Espera un momento —dije yo, desconcertado.

—Mezcla la misma cantidad de cenizas de cada uno y espárcelas por donde tú quieras —repitió como si formulara su última voluntad.

Aunque tarde, comprendí al fin sus designios ocultos. Robar las cenizas hubiese podido hacerlo él solo. Me había confesado sus planes a mí, su nieto, y me había involucrado en la fechoría con una finalidad muy concreta.

—Prométemelo —insistió mi abuelo.

—¿Prometerte algo así? ¡Qué va! —repuse yo precipitadamente.

—¡Por favor! Escucha los ruegos de este pobre viejo —dijo con voz de echarse a llorar de un momento a otro.

—Eso es muy fácil de decir.

—¡Pero si no te cuesta nada!

En aquel instante, recordé haber oído a mi padre quejándose a mi madre sobre el egoísmo de mi abuelo. Era cierto. Mi abuelo era un redomado egoísta. Era una de esas personas que, cuando desean algo, no reparan en las molestias que pueden ocasionar a los demás.

—¿Y tú crees que puedes confiarme a mí algo tan importante? —dije tratando de disuadirlo.

—No puedo pedírselo a nadie más —respondió. Los viejos son tercos.

—¿Y a papá, por ejemplo? —dije en tono conciliador—. Es tu hijo. Seguro que será él quien dirija tu funeral como representante de la familia.

—Alguien con la cabeza tan cuadrada como él no nos puede entender a nosotros.

—¿A nosotros? —pregunté estupefacto.

—Sí, porque tú y yo nos llevamos bien —dijo, y prosiguió sin perder un instante—: Sabía que lo entenderías, Saku. Y, por eso, he estado esperando a que te hicieras mayor.

Era evidente que todo había empezado la noche en que yo había picado con la anguila. O tal vez no. Posiblemente, ya desde mucho antes, él debía de tenerlo programado hasta el último detalle. Desde que el nieto tuvo uso de razón, el abuelo lo había ido preparando para aquel día. Me sentí como Wakamurasaki cayendo en manos del príncipe Hikaru Genji.

—¿Y cuándo vas a morirte, abuelo? —sin pretenderlo, le hablé con indiferencia.

—Pues cuando me llegue la hora —dijo él sin haber reparado, al parecer, en el cambio de tono de mi voz.

—¿Y cuándo va a ser eso?

—No lo sé. Por eso se habla de cuando a uno le llegue la hora. Si no, sería un plan normal y corriente.

—Entonces, es posible que no esté a tu lado cuando tú te mueras. Y si no estoy delante cuando te incineren, no podré coger unas pocas cenizas.

—En este caso, puedes robarlas de mi tumba, igual que esta noche.

—¿Pretendes que haga lo mismo otra vez?

—Te lo ruego —la voz de mi abuelo se volvió apremiante de pronto—. Eres la única persona a quien puedo pedírselo.

—Sí, pero...

—¿Sabes, Sakutarô? Perder a la persona que amas es muy triste. Y esta pena, por más que lo intentes, no puedes materializarla de ningún modo. Y, justamente por eso, necesitas darle una forma concreta. Tal como decía el poema. La separación ha sido muy dura, pero tú y yo volveremos a estar juntos. Te lo ruego, haz que nuestro deseo se cumpla.

Por mi propia manera de ser, yo era un chico que sentía un gran respeto hacia las personas mayores. Pero lo que me venció fue, más que nada, la segunda persona del plural que había empleado mi abuelo.

—De acuerdo —dije a regañadientes—. Se trata de esparcir las cenizas, ¿no?

—¿Vas a acceder a los ruegos de un viejo? —dijo mi abuelo, de pronto, con el rostro resplandeciente.

—¿Y qué remedio me queda?

—Lo siento —dijo bajando los ojos.

—Pero eso de que las esparza por donde yo quiera no me va. A mí no se me ocurre dónde. Dímelo tú.

—¿Que te diga dónde? —preguntó mi abuelo adoptando una expresión meditabunda—. Es que, ¿sabes?, para cuando yo muera, no sé cómo estará el lugar. Si, por ejemplo, te digo que las esparzas al pie de algún árbol, dentro de diez años a lo mejor han construido allí una autopista.

—Entonces cambio de sitio y ya está.

Mi abuelo reflexionó unos instantes.

—Lo dejo en tus manos —dijo—. Confío en tu buen sentido.

—¡No, por favor! Dame al menos una idea. ¿Mar, montaña o cielo?

—Pues, quizá el mar. Sí, mejor el mar.

—¿El mar?

—Sí, pero no quiero que el agua esté sucia.

—Vale. Esparciré las cenizas en algún lugar donde el agua esté limpia.

—No, espera un momento. En el mar, la corriente las dispersará enseguida.

—Sí, puede pasar.

—Pues, entonces, quizá la montaña. Sí, mejor la montaña.

—¿La montaña?

—Pero, te lo ruego, que sea un sitio que todavía no esté explotado por el hombre.

—De acuerdo. Las esparciré donde apenas llegue nadie.

—Y estaría muy bien que hubiese flores silvestres por allí cerca.

—¿Flores silvestres?

—Es que a ella le gustaban mucho las violetas.

Me crucé de brazos y clavé la mirada en el rostro de mi abuelo.

—Estás haciendo un encargo en toda regla, ¿eh?

—Lo siento —dijo. Mi abuelo desvió la mirada con expresión de soledad—. Perdóname. Tómatelo como una muestra del egoísmo de un viejo.

Lancé un suspiro tan sonoro que debió de oírlo incluso él.

—Vamos, que he de esparcir las cenizas en una montaña donde apenas llegue nadie, y en un paraje donde crezcan las violetas silvestres.

—¿Te lo tomas a la ligera?

—No.

—Entonces, de acuerdo.

9

Al día siguiente, en cuanto llegué a casa, llamé a Aki y le pregunté si podíamos vernos. Ella ya tenía planes para la tarde. Al anochecer, sin embargo, estaba libre y quedamos en vernos una hora, a las cinco.

A medio camino, entre su casa y la mía, había un santuario sintoísta. Desde mi casa, yo tenía que avanzar unos quinientos metros hacia el sur a lo largo del río y, justo al cruzar el puente, salía frente al gran *torii** de la entrada principal. Tras atravesar un polvoriento aparcamiento de tierra, debía ascender por una larga escalinata de piedra que llegaba hasta la mitad de la ladera de la montaña. En lo alto de la escalinata se levantaba el santuario. Allí nacía un estrecho camino que enfilaba hacia el este. La senda atravesaba una zona residencial y moría en la carretera nacional. Una vez cruzada la carretera por el semáforo que está delante de la policía, allí, un poco apartada, estaba la casa de Aki. A mí me gustaba llegar un poco antes de la hora de la cita y mirar desde el recinto del santuario cómo ella se aproximaba. Me sentía feliz al descubrir, aunque fuera sólo un instante antes, su figura acercándose. Aki, sin darse cuenta de que la estaba obser-

---

* Arco de entrada a un santuario sintoísta. *(N. de la T.)*

vando, pedaleaba un poco inclinada hacia delante. Dejó la bicicleta al pie de la subida del lado este y ascendió corriendo una estrecha escalera de piedra distinta a la que había subido yo.

—Siento llegar tarde —dijo jadeando.

—No hacía falta que corrieras tanto.

—Es que tenemos poco tiempo —dijo, y lanzó un hondo suspiro.

—¿Tienes algo que hacer después?

—Nada especial. Sólo bañarme y cenar.

—Entonces, tenemos tiempo.

—Pero pronto se hará de noche.

—¿Qué planes tienes?

—¿Yo? —dijo Aki sonriendo—. Eres tú quien me ha llamado, Saku-chan.

—Pues a mí no me llevará mucho tiempo.

—¡Vaya, pues no hacía falta que corriese tanto!

—Eso es lo que te estoy diciendo desde el principio.

—Bueno. Vamos a sentarnos.

Nos sentamos en lo alto de la escalera que Aki había subido corriendo. A nuestros pies se extendía la ciudad. El aire estaba impregnado del olor de la reseda.

—¿Y de qué se trata?

—¡Mira! Ya empieza a oscurecer por el este.

—¿Cómo?

—Que esta noche vamos a ver un ovni.

—¡Anda ya!

—Mira.

Extraje la cajita de paulonia del bolsillo de mi cazadora. Estaba sujeta con una gruesa cinta elástica para que no se abriera. Presintiendo tal vez su contenido, Aki se asustó un poco.

—¿Lo has cogido?

Asentí en silencio.

—¿Cuándo?

—Anoche.

Solté la goma, la abrí con cuidado. En el fondo de la cajita había unos pequeños fragmentos blanquecinos de hueso. Aki atisbó dentro.

—Hay poquísima cantidad, ¿no?

—Mi abuelo sólo cogió ese poco. No sé si por respeto, o porque no se atrevió...

Aki no me escuchaba.

—¿Y cómo es que tu abuelo te ha dado a ti algo tan importante? —preguntó.

—Es que quiere que lo guarde yo. Y que esparza por alguna parte las cenizas de los dos juntos.

—¿Es su última voluntad?

—Eso parece.

Le hablé del poema chino que tanto le gustaba a mi abuelo.

—Por lo visto, habla de que los dejen descansar juntos.

—¿Descansar juntos?

—Que los entierren en la misma tumba. Por lo visto, si no piensas que algún día volverás a reunirte con la persona amada, no puedes consolarte por haberla perdido. Mi abuelo dice que ése es un sentimiento inmemorial, vamos, que no cambia a lo largo del tiempo.

—Entonces, tendrían que enterrarlo en la misma tumba que ella, ¿no?

—Es que, en el caso de mi abuelo, está lo del adulterio, ya sabes. Total, que no sería apropiado que los metieran en la misma tumba. Seguro que es por eso por lo que se le ha ocurrido lo de esparcir las cenizas. Como medida extraordinaria. Claro que, para mí, es una gran molestia, la verdad.

—¡Qué historia tan bonita!

—Pues a mí me parece que, si tanto quiere unirse a ella, podría comérselos.

—¿Los huesos?

—Seguro que tienen un montón de calcio.

Aki soltó una risita.

—Si yo me muriera, ¿te comerías mis huesos?

—A mí me gustaría.

—¡No quiero!

—Quisieras o no, estarías muerta, así que poco podrías hacer tú para evitarlo. Haría lo mismo que anoche. Profanaría tu tumba y robaría tus cenizas. Y luego me las iría comiendo poco a poco, noche tras noche. Como método para conservar la salud.

Ella volvió a reírse. Luego, se puso seria de repente.

—A mí también me gustaría que esparcieras mis cenizas por un lugar bonito —dijo con mirada lejana—. Es que la tumba está tan oscura, y tan húmeda.

—Oye, que no estamos planeando nada, ¿eh?

En vez de reír, nos quedamos serios. La conversación se interrumpió. Los dos manteníamos la vista clavada en la cajita.

—¿Te da asco?

—No —dijo ella sacudiendo la cabeza—. Para nada.

—A mí, al principio, me parecía horrible, eso de quedarme con la caja, pero ahora que la miro así, contigo, no sé, parece que me dé paz.

—A mí me pasa lo mismo.

—¡Qué raro! ¿No?

De pronto, se puso el sol y las tinieblas se extendieron por los alrededores. Un hombre con un *hakama*[*] de color blanco, que debía de ser el sacerdote principal del santuario, subió la escalera. «Buenas noches», dijimos nosotros. Él nos devolvió el saludo con voz profunda.

—¿Qué estáis haciendo aquí? —preguntó sonriendo.

—Estamos charlando —respondí yo.

—Ciérrala bien —dijo Aki cuando el sacerdote hubo desaparecido.

Rodeé la caja con la cinta elástica y me la metí en el bolsillo de la cazadora. Ella se quedó un rato mirando el bulto en el bolsillo. Luego alzó la vista al cielo.

—Ya han salido las estrellas —dijo—. Últimamente son preciosas, ¿no?

—Eso es por el fluorocarbono, ¿sabes? Debido al agujero de la capa de ozono, el aire es menos denso y las estrellas se ven mejor.

—¿Ah, sí?

Permanecimos un rato en silencio, con los ojos clavados en el cielo.

—Pues no aparece ningún ovni, ¿eh? —dije yo.

Ella soltó una risita un poco incómoda.

—¿Nos vamos?

—Sí —asentí yo haciendo un pequeño movimiento afirmativo con la cabeza.

---

[*] Falda pantalón para kimono. *(N. de la T.)*

En el preciso instante en que desaparecían las últimas luces del cielo, nos dimos un beso. Nuestros ojos se encontraron, se produjo un acuerdo invisible y, antes de que nos diéramos cuenta, habíamos unido nuestros labios. Los labios de Aki sabían a hojas caídas. O quizá el olor lo hubiera traído el sacerdote después de haber estado quemando hojarasca en el jardín. Ella tocó la cajita por encima del bolsillo y pegó con más fuerza sus labios a los míos. El olor a hojas caídas se hizo más intenso.

Capítulo II

1

Saqué una coca-cola de la nevera y me la bebí de pie. Al otro lado de la ventana se extendía, rojizo, el desierto. En él, día tras día, empieza un nuevo año. A mediodía, brilla un sol deslumbrante de pleno verano y, al caer la noche, las temperaturas descienden hasta el punto que parece que vaya a helar. El ciclo de las estaciones, del que se excluyen la primavera y el otoño, va repitiéndose cada veinticuatro horas.

El aire acondicionado estaba a baja temperatura y en la habitación, más que fresco, hacía frío. De pronto, me pareció irreal que al otro lado del vidrio se extendiera un territorio cuya temperatura excedía los cincuenta grados centígrados. Permanecí largo tiempo contemplando el desierto. Alrededor del hotel se alzaban unos altos eucaliptos que parecían sauces y crecía, aunque rala, la hierba. Pero, más allá, no había nada. Y la mirada, al no topar con ningún obstáculo, se prolongaba hasta el infinito, perdiéndose en el camino de vuelta.

Los padres de Aki habían ido a recorrer el desierto en el autobús turístico. Habían dicho que, ya que Aki no había podido visitarlo, ellos querían verlo por ella. Me habían propuesto acompañarlos, pero yo había preferido quedarme en el hotel. No me apetecía hacer turismo. Aquello que estaba mirando, ella no lo había visto. Ni lo había visto antes ni lo vería después. «¿Dónde está este sitio?», me pregunté a mí mismo. Desde luego, era posible situarlo en el mapa, en una intersección entre las coordenadas latitud-longitud, o dándole un nombre geográfico. Pero esto no tenía ningún sentido.

Mirara lo que mirase, yo veía un desierto. Montañas y prados de exuberante vegetación, mares resplandecientes o calles transitadas por la multitud. Yo no necesitaba ir a visitarlo. Con la muerte de Aki, el mundo entero se había convertido en un desierto. Ella había huido. Al punto más recóndito del fin del mundo. Y las huellas de mis pies, que corrían en pos de ella, habían sido barridas por el viento y la arena.

En el restaurante del hotel había un montón de turistas, con su atuendo característico, comiendo.

—¿Qué les ha parecido el desierto? —les pregunté a los padres de Aki.

—Hacía mucho calor —respondió su padre.

—¿Han subido a Ayers Rock?

—Mi marido es un desastre —intervino la madre de Aki—. Tiene menos vitalidad que yo.

—Es que tú tienes demasiada.

—Deberías dejar de fumar.

—Sí, yo ya querría dejarlo, pero...

—Pero no puedes.

—Es que cuesta lo suyo.

—Lo que pasa es que nunca te lo has propuesto en serio. Eso de que vas a dejarlo son sólo palabras.

Oía sin escuchar la conversación de los padres de Aki. ¿Cómo podían hablar con tanta naturalidad? Era consciente de que lo hacían para que me sintiera cómodo. Pero ¡incluso así! Aki no estaba. Y, no estando ella, ya no había nada que decir. No había nada de nada.

Al bajar del autobús, vimos una enorme montaña rocosa que se erguía frente a nosotros. Su superficie era desigual, con unas protuberancias parecidas a las gibas de un camello. Una sucesión de bultos conformaban una gigantesca mole. Muchos turistas iban subiendo la montaña en fila india, agarrados a una cadena. Aquí y allá, la erosión del viento había abierto una multitud de grietas cuya superficie estaba cubierta por pinturas rupestres, obra de los aborígenes.

El camino era más empinado de lo que había supuesto. Pronto empecé a sudar. El corazón me latía con fuerza en las sienes. Las grietas que se sucedían en la roca, sobre mi cabeza, recordaban los músculos de un brazo gigantesco. Cuando hube subido unos diez metros, finalmente, la cuesta se hizo más suave y empezaron las elevaciones y depresiones de la cima. Fuimos avanzando, pasando de un montículo a otro. La lánguida sucesión de rocas se interrumpió de pronto y un barranco se abrió perpendicularmente a nuestros pies. Los rayos transparentes del sol, casi en su cenit, calcinaban los viejos estratos de roca, perfilándolos. Aunque desde abajo no lo habría sospechado, arriba soplaba un fuerte viento. Por lo tanto, los rayos del sol, pese a su intensidad, no llegaban a abrasarnos. Al mirar hacia delante, a lo lejos, la frontera entre el cielo y la tierra era una neblina blanca y el horizonte era una línea vaga y desdibujada. Miraras hacia donde mirases, la vista era idéntica. Una luz brillante se vertía desde el cielo. Desde un cielo sin nubes donde únicamente había unas sutiles gradaciones de color que iban del azul marino al azul celeste.

En un merendero al pie de la montaña, me comí un pastel de carne tan caliente que creí que iba a abrasarme la boca. Un Cessna pasó volando por encima de las rocas. En este país se va a todas partes en avión. La gente se desplaza de un aeródromo a otro. En el desierto se veían, aquí y allá, coches y avionetas abandonados. Posiblemente, en una tierra donde el mecánico más próximo se encuentra a cientos de kilómetros, lo único que puede hacerse con los cacharros averiados es dejarlos abandonados a su suerte. Ante mis ojos se erguía la montaña de roca que había subido poco antes. Incontables pliegues de gran profundidad recorrían la superficie de aquella roca redonda.

—Parece un cerebro humano —dijo uno.

Al oír este comentario, una chica que estaba sentada a la misma mesa y que se disponía a llevarse a la boca una cucharada de carne picada con salsa, chilló histéricamente:

—¡Cállate!

Pero Aki no estaba en esta conversación. Así que tampoco yo estaba. Igual que ahora, que tampoco estoy aquí. Es como si me hubiera metido por azar en un lugar que no es pasado ni presente, ni vida ni muerte. No sé cómo he venido a parar aquí. Pero aquí estoy. Yo, que no sé quién soy, en un lugar que no sé dónde está.

—¿No vas a comer nada? —me preguntó la madre de Aki.

El padre cogió la carta que estaba puesta de pie en un extremo de la mesa y se la entregó a su esposa. Ella la abrió ante mí y la recorrió con la mirada.

—Hay muchos platos de pescado. ¿Qué raro, no? Aquí, en medio del desierto —dijo, con desconfianza, la madre.

—Éste es el país del transporte aéreo —dijo el padre.

—Pues, como no quiero comer carne de canguro ni de búfalo...

El camarero se acercó. Yo apenas había abierto la boca, así que ellos pidieron por mí salmón de Tasmania marinado y ostras. Miraron la carta de vinos y escogieron un vino blanco de precio asequible. Nadie dijo una palabra hasta que nos trajeron la comida. El padre de Aki me sirvió vino también a mí. Mientras lo bebíamos, el mismo camarero nos trajo la comida. Le pedí agua. Me moría de sed.

En cuanto hube bebido un sorbo de agua del vaso, de pronto, dejé de oír los ruidos a mi alrededor. Era una sensación muy distinta a cuando se tienen los oídos llenos de agua. El sonido había dejado de existir. Retazos de conversación, entrechocar de cubiertos y platos. No se oía nada. Era como si los padres de Aki hablaran moviendo únicamente los labios.

Sólo oía a alguien mordisqueando galletas. El sonido provenía de muy lejos y, a la vez, me parecía terriblemente cercano. ¡Crac! ¡Crac! ¡Crac!

Entonces, yo todavía no era consciente de la gravedad de la enfermedad de Aki. Jamás había relacionado la muerte conmigo mismo. La muerte era algo que sólo les ocurría a los ancianos. Había estado enfermo algunas veces, por supuesto. Me había resfriado, me había hecho daño. Pero la muerte era otra cosa. La muerte era algo que te llegaba al final, tras haber vivido unas decenas de años y haber ido envejeciendo poco a poco. Un largo camino blanco que se extendía en línea recta hasta desaparecer en la distancia en medio de una luz cegadora. Hay quien llama a esto «la nada», pero nadie la ha visto. La muerte era eso.

—¡Tenía tantas ganas de ir! —musitó Aki, tras darme las gracias, manteniendo sobre sus rodillas la muñeca de madera, tallada por los aborígenes, que le había traído como regalo del viaje escolar—. Ni de pequeña me resfriaba. Y, justamente ahora, voy y me pongo enferma.

—Ya irás en otra ocasión —dije consolándola—. Total, Cairns está a unas siete horas. Menos de lo que se tarda en ir a Tokio en el *shinkansen**.

—Sí, ya lo sé —dijo Aki con tristeza—. Pero yo quería ir con vosotros.

Saqué unos dulces de la bolsa que me habían dado en la tienda. Los flanes y las galletas que le gustaban.

—¿Te apetecen?

—Sí, gracias.

Nos comimos los flanes en silencio. Cuando los terminamos, abrimos la caja de galletas. En un momento dado, paré de comer y escuché. Se oía

---

* Tren bala. *(N. de la T.)*

66

cómo Aki mordisqueaba las galletas con los dientes delanteros. ¡Crac! ¡Crac! ¡Crac! Era como si estuviera comiéndome a mí. Unos instantes después, aventuré:

—Podríamos ir allí de luna de miel.

Aki, que estaba absorta, se volvió hacia mí.

—¿Cómo?

—Que podríamos ir a Australia de viaje de novios.

—¡Ah, ya! —asintió como si tuviera la cabeza en otra parte. Luego volvió en sí y preguntó—: ¿Quiénes?

—Pues tú y yo, claro.

—¿Tú y yo? —preguntó riéndose.

—¿Tienes otra idea?

—¡No, qué va! —dijo ella reprimiendo la risa—. Pero es raro.

—¿Cuál de las dos cosas es rara?

—¿Que cuál de las dos cosas?

—Sí. ¿Lo de la luna de miel o lo del viaje?

—Pues lo de la luna de miel.

—¿Y qué hay de raro en una luna de miel?

—No lo sé.

Saqué otra galleta de la caja. El chocolate que la cubría se había reblandecido. Aún estábamos en esa época del año.

—Sí que es raro.

—¿Verdad que sí?

—Tú y yo de luna de miel.

—Da risa, ¿no?

—Es como si te dijeran que Madonna es virgen de verdad.

—¿Qué quieres decir con eso?

—Pues, no sé.

La conversación se interrumpió. Seguimos mordisqueando galletas como si fuésemos royendo el tiempo. ¡Crac! ¡Crac! ¡Crac!

Todo parecía pertenecer a un pasado remoto.

2

Se acercaba el verano y los días se iban haciendo más y más largos. Como parecía que no iba a anochecer jamás, a la salida de la escuela aprovechábamos y dábamos una vuelta. El aire estaba impregnado del frescor de las hojas nuevas. Nos gustaba remontar el curso del río a lo largo del dique desde el santuario sintoísta de nuestras citas. Al lado del río crecía, frondosa, la hierba y se veía saltar a los peces por encima de la superficie del agua. Al anochecer croaban las ranas. De vez en cuando, en algún paraje desierto, nos besábamos rozándonos sólo los labios. Nos gustaba darnos un beso rápido, a escondidas. Yo me sentía como si me hubiera tocado, a mí solamente, la parte más deliciosa del fruto que me ofrecía el mundo.

También aquel día, a la salida de la escuela, habíamos caminado río arriba y, a la vuelta, nos sentamos en los escalones de piedra del santuario y planeamos una excursión para el largo puente de mayo. Aki quería ir al zoológico. Pero en nuestra ciudad no había ninguno. El más cercano estaba en la capital de la región, que era donde estaba el aeropuerto, y se tardaba dos horas de tren en llegar. Cuatro horas, entre la ida y la vuelta. Yo me habría conformado con ir al mar o a la montaña, que estaban más cerca, pero Aki estaba decidida a ir y me dijo que, si salíamos por la mañana temprano, podríamos disponer de unas cinco horas para divertirnos.

—Nos llevaremos la comida —dijo—. Yo haré la tuya. Así nos ahorraremos el dinero del almuerzo.

—Gracias. Queda lo de los billetes.

—¿Crees que podrás?

Yo tenía dinero ahorrado, de lo que ganaba en la biblioteca. Sólo con que renunciara a comprarme algunos cedés, podía costearme el viaje sin problemas.

—¿Y tu familia?

—¿Mi familia? —dijo Aki ladeando la cabeza extrañada.

—¿Qué vas a decirles?

—Pues que voy al zoológico contigo. Es lo que vamos a hacer, ¿no?

Sí, era cierto. Pero al hacerlo tan explícito, me daba la impresión de que aquélla era una excursión de primaria.

—En los textos antiguos, «explícito» significa «repentino» e «inesperado». ¿Lo sabías?

Ella entrecerró los ojos, mirándome con extrañeza.

—¿En qué estás pensando?

—En nada en especial. Sólo me estaba preguntando qué piensan tus padres de mí.

—¿Que qué piensan mis padres de ti?

—Sí. Si me ven como el futuro marido de su hija.

—¡Pues claro que no! —dijo ella riendo.

—¿Por qué?

—¿Que por qué? Tú y yo sólo tenemos dieciséis años, ¿sabes?

—Redondeando, hacen veinte.

—¿Y qué manera de contar es ésa?

Contemplé vagamente las piernas que asomaban por debajo de su falda. En las tinieblas del anochecer, la blancura de los calcetines era cegadora.

—Es que me gustaría casarme contigo pronto.

—A mí también —dijo ella con sencillez.

—Porque quiero estar siempre contigo.

—Y yo.

—Y si los dos lo queremos, ¿por qué no puede ser?

—Cómo te pones, así, de repente.

Ignoré su observación.

—Porque dicen que el matrimonio es fruto del consentimiento de un hombre y una mujer socialmente independientes, ¿no? Entonces, las personas que, por estar enfermas o por lo que sea, no pueden ser independientes, ¿qué? ¿No pueden casarse?

—Ya vuelves a exagerar —dijo Aki con un suspiro.

—¿Y tú qué dirías que quiere decir ser socialmente independiente?

Reflexionó unos instantes.

—Pues trabajar y ganar dinero, supongo.

—¿Y qué quiere decir ganar dinero?

—No lo sé.

—Pues, mira. Una persona, en la sociedad, desempeña una determinada función de acuerdo con su capacidad. Y el dinero es la recompensa. Ahora, piensa en una persona que tenga la facultad de enamorarse de alguien. ¿Qué habría de malo en que le pagasen si esa persona se enamorara valiéndose de las facultades que tiene?

—No lo sé. ¿No será que algo no vale si no es útil para todo el mundo?

—Pues yo pienso que enamorarse es lo más útil que hay.

—¡Y yo estoy pensando en casarme con un tipo que dice los mayores despropósitos del mundo y se queda tan tranquilo!

—Por más que diga, la mayoría de la gente no piensa más que en sí misma —proseguí—. Con que yo coma bien, vale. Con que yo pueda comprarme lo que quiera, vale. Pero enamorarse de alguien significa pensar primero en el otro. Si yo sólo tuviera un poco de comida, querría dártela a ti. Si tuviera muy poco dinero, antes que comprarme algo que me gustara a mí, te lo compraría a ti. Y, sólo con que tú me dijeras que estaba bueno, ya se me quitaría el hambre y, si tú estuvieras contenta, también lo estaría yo. El amor es esto. ¿Crees que hay algo más importante que eso? A mí no se me ocurre ninguna otra cosa. Las personas que encuentran dentro de sí mismas la facultad de enamorarse hacen un descubrimiento más importante que los que han ganado el Premio Nobel. Y si no se da cuenta, o si no quiere darse cuenta, el ser humano es mejor que se extinga. Que haya una colisión con un planeta, o algo por el estilo, y que desaparezca pronto...

—¡Saku-chan! —Aki dijo mi nombre con la intención de calmarme.

—... y las personas que, sólo porque tienen dos dedos de frente, se creen mejores que los demás, ésos son unos imbéciles. A esos tipos me entran ganas de decirles: «¡Pues mátate estudiando si es lo que quieres!». Lo mismo pasa con ganar dinero. Quien sirva para eso, pues que no haga otra cosa en su vida. Y con lo que gane, que nos mantenga a todos.

—¡Saku-chan!

La segunda vez que me llamó, cerré, finalmente, la boca. El rostro de Aki, con su sonrisa un poco cohibida, estaba muy cerca del mío. Ladeó un poco la cabeza.

—¿Nos besamos? —dijo.

El zoológico era como todos los zoológicos. El león dormía, el cerdo hormiguero estaba rebozado en lodo y el oso hormiguero comía hormigas. El elefante iba de un lado para otro en el interior de su reducto soltando defecaciones enormes, el hipopótamo bostezaba como un bobalicón dentro del agua, la jirafa alargaba el cuello y se comía las hojas de los árboles observándonos desde las alturas. Aki estaba fascinada por los animales y se escurría con resolución entre la gente que se agolpaba ante las jaulas. Ante un lémur decía: «¡Mira, mira lo hábil que es usando la cola!». Llamaba a la iguana dentro de su caja de cristal diciéndole: «¡Eh! ¡Ven aquí!».

¿Dónde está la gracia de pagar para ver jirafas y leones? Un zoológico apesta, eso es todo. Yo sentía un gran interés por la preservación de la naturaleza y los problemas medioambientales, pero eso no quería decir que fuera naturista o ecologista. Yo quería vivir feliz con Aki. Y, para ello, quería preservar la vegetación y la capa de ozono. Sólo eso. Simpatizaba con las ideas de protección de los animales, pero era más porque me enfurecía la arbitrariedad y arrogancia de los seres humanos que matan y maltratan a los animales que porque me compadeciera de éstos. Aki lo interpretaba de manera errónea y me tenía por un dulce amante de la fauna. Por eso me había dicho: «¡Saku-chan! ¡Vayamos al zoo estos días de fiesta! ¡Al zoo!». «Pues está muy equivocada si se cree que me entusiasma ver un mapache o una pitón. Preferiría que me dejara besarla o tocarle los pechos, como mínimo...», pensé yo. Claro que no dije nada. Porque me daba vergüenza.

Almorzamos cerca de la jaula del gorila de las tierras bajas. El gorila estaba sentado en un rincón de la jaula rascándose el sobaco. De vez en cuando, aproximaba la nariz y hacía ademán de olérselo. Al principio me pareció que estaba muy preocupado por su olor corporal. Pero lo repitió tantas veces que acabé pensando que se trataba de un tic nervioso.

—Saku-chan, ¿aún tienes las cenizas de la mujer de la que estaba enamorado tu abuelo? —me preguntó Aki después de comer, mientras nos tomábamos una lata de té.

—¡Claro! Es su última voluntad.

—Sí, por supuesto —sonrió ella.

—¿Por qué?

Aki estuvo reflexionando unos instantes.

—Tu abuelo se casó con otra mujer, ¿no?

—Sí. De ahí vengo yo.

—¿Y qué clase de matrimonio debió de ser?

—¿El de mi abuelo y mi abuela?

Ella asintió.

—Mi abuela murió joven y no me acuerdo mucho de ella. Pero yo diría que fue un matrimonio normal y corriente. No creo que se llevaran mal. Porque su hijo es un cachazas.

—¿Un cachazas?

—Sí, mi padre. Y ya sabes lo que dicen. Que de matrimonios que se llevan mal salen hijos problemáticos o inquietos.

Ella no respondió.

—¿De cuál de las dos maneras se debe de ser más feliz?

—¿De qué maneras?

—Sí. ¿Qué es mejor? ¿Vivir con la persona a la que quieres, o estar enamorado de una y casarte con otra?

—Pues vivir con la que quieres, diría yo.

—Pero, al vivir juntos, descubres sus defectos, ¿no? Y te peleas por tonterías. Y esto se va repitiendo un día tras otro hasta que, muchos años después, llega un momento en que ya no debes de sentir nada por esa persona. Puede pasar, ¿no? Por más que la hayas querido al principio.

Hablaba muy convencida.

—¡Qué pesimista eres!

—¿Tú no lo ves así, Saku-chan?

—No. Yo lo veo de una manera más positiva. Suponte que ahora estás muy enamorada de alguien. Pues bien, dentro de diez años lo estarás aún más. Incluso habrán empezado a gustarte los defectos que te fastidiaban al principio. Y, cuando hayan pasado cien años, estarás loca por cada uno de los pelos de su cabeza.

—¿Cuando hayan pasado cien años? —dijo Aki riendo—. ¿Tantos años piensas vivir?

—Eso de que los novios que llevan mucho tiempo juntos se hartan es una gran mentira. Míranos a nosotros. Llevamos saliendo casi dos años y no nos hemos cansado lo más mínimo.

—Sí, pero nosotros no vivimos juntos.

—¿Y qué malo hay en vivir con alguien?

—Pues que si viviéramos juntos, tú verías mis defectos.

—¿Como cuáles, por ejemplo?

—No te los pienso decir.

—¿Tan horribles son?

—Sí —dijo ella bajando la mirada—. Seguro que me cogerías manía.

Me sentí rechazado.

—¿Sabes? Hay un mito antiguo en el que el amor de una pareja de enamorados logra mover la tierra —dije rehaciéndome—. Son un chico y una chica que se quieren muchísimo, pero ocurre algo, no sé qué, y tienen que separarse. Creo que se meten por medio el padre o los hermanos de ella.

—¿Y qué pasa entonces?

—Los separan a los dos. A él se lo llevan a una isla a la que es imposible llegar en barca. Pero su amor es muy fuerte. Tanto que la isla, que está a muchísimos kilómetros, se va acercando al continente hasta que, al final, se queda pegada a él. El amor de los dos ha tirado de la isla.

Miré el efecto que le habían causado mis palabras. Aki mantenía los ojos bajos y parecía estar reflexionando.

—En la antigüedad, la gente debía de creer que el poder de una persona que piensa en otra es increíblemente fuerte, ¿no? —proseguí—. Tanto como para mover una isla. Seguro que hubo un tiempo en que la gente veía esta fuerza como algo normal, o que incluso la experimentaban en ellos mismos. Pero llegó un momento en que el hombre dejó de usar esta fuerza que poseía en su interior.

—¿Y por qué debió de ser?

—Pues porque, si la hubiesen utilizado siempre, habrían acabado armándola muy gorda. Imagínate. Si cada vez que se enamoraran un hombre y una mujer las islas se pegaran y despegaran, la geología cambiaría a una velocidad de vértigo y los del instituto topográfico no pararían. Además, las luchas por amor serían de lo más encarnizado. Piensa en una batalla entre tipos que pueden mover islas a su antojo. ¡Fiu! Eso no podrían aguantarlo ni ellos.

—Sí, claro —asintió ella, convencida.

—Así que debieron de considerarlo un desgaste excesivo, y de lo más improductivo, y decidieron encauzar sus energías hacia la caza y la recolección.

—¡Oh, no! Ahora me recuerdas al profe de orientación profesional —dijo ella riéndose divertida.

—¿Qué?

Aki puso una voz ronca, muy poco natural.

—«¡Hirose! Tener novio está bien, pero deberías estudiar más. No puede ser que suspendas las matemáticas.»

—¿Eh?

—«Ten cuidado, en especial, con ese tal Matsumoto. No pases tanto tiempo con ese chico, que puede arruinar tu vida. Es un chico que, cuando se obsesiona, es capaz de arrastrar islas sin reparar en las consecuencias» —en este punto, Aki volvió a poner su voz normal—. ¡Uf! Ya falta poco para los exámenes.

—A partir de mañana, ¡a estudiar!

Aki asintió con aire lúgubre.

—Pero, hasta entonces, vivamos para el amor.

Cuando, desde la estación del tren, nos dirigíamos al zoológico, a fin de evitar las aglomeraciones, habíamos pasado por unas callejuelas estrechas. A medio camino, había descubierto un hotel que se alzaba solitario. De una ojeada, me había dado cuenta de qué tipo de hotel se trataba. Aunque había pasado por delante como si nada, por el rabillo del ojo me había fijado en la luz verde de «habitaciones libres» y en la tarifa «por tardes», y las había grabado en mi cerebro. Y había comparado la tarifa con el dinero que me quedaba, tras descontar el precio del billete de vuelta.

De regreso, volvimos a pasar por la callejuela. Aún faltaba para el anochecer. La luz verde de habitaciones libres seguía encendida. Conforme nos íbamos acercando al hotel, un incómodo silencio fue cayendo sobre nosotros. Nuestros pasos se hicieron más y más pesados hasta que, al llegar frente al hotel, ya casi se habían detenido por completo.

—Tú no querrías entrar en un lugar así, ¿no? —pregunté yo mirando todavía hacia delante.

—¿Y tú? —me preguntó ella a su vez con la mirada baja.

—A mí tanto me da.

—¿No te parece que todavía es demasiado pronto?

Silencio.

—¿Y si miráramos sólo un poco cómo es? Entramos, y si nos parece raro, pues salimos enseguida.

—¿Tienes dinero?

—Sí.

Empujamos una puerta recia y pesada, similar a las que hay en los restaurantes caros, y penetramos medrosamente en el interior del edificio. Estaba tan nervioso que temía vomitar el almuerzo, pero, al recordar al gorila de las tierras bajas que se olía el sobaco, logré aguantarme. Contrariamente a lo que esperaba, el vestíbulo era luminoso, y parecía higiénico. Tampoco se veía la figura solitaria de ningún recepcionista.

—¡Qué silencio!

En la pared del fondo del vestíbulo había una máquina parecida a las que dan cambio en los salones recreativos. Por lo visto, al meter el dinero y pulsar el botón de la habitación que querías, te caía la llave sobre la bandeja. Así podías utilizarla sin tener que darle explicaciones a nadie. Yo estaba hurgando en el bolsillo de los pantalones para sacar la cartera.

—No quiero —dijo Aki en voz baja—. A mí no me gustan estos sitios.

Detuve la mano que se disponía a sacar la cartera y, a cambio, me di unos golpecitos en el trasero.

—¡Oh, sí! Claro.

—Vamos.

Empezamos a andar por la callejuela en dirección a la estación. Ninguno de los dos habló durante largo tiempo. Me daba la sensación de que el anochecer se aproximaba a pasos agigantados.

—Pues sí, era un sitio bastante raro —dije cuando ya se veía la estación en la distancia.

Ella no repuso nada.

—¿Me das la mano? —dijo.

3

Por las vacaciones de verano, hice un trabajo sobre el libro *No llegaron a partir,* de Toshio Shimao. El protagonista es un capitán de los kamikazes que, a finales de la guerra del Pacífico, recibe del cuartel general la consigna de efectuar un ataque suicida. Consciente de que ha llegado su hora, espera junto a sus hombres la orden de despegar. Pero ésta no llega jamás. Suspenso en un paréntesis entre la vida y la muerte, el protagonista se entera de la rendición incondicional de Japón.

Durante aquel tiempo, tampoco nuestra relación experimentó ningún avance. Vernos, nos veíamos todos los días, pero apenas teníamos ocasión de besarnos. ¿Cómo podía acabar con aquella situación de estancamiento y lograr que alcanzáramos el estadio de las «relaciones físicas»? Inmerso en el desconcierto, musité: «¿No llegaron a partir?». En la novela, el protagonista dice rememorando el pasado: «Fue muy difícil sobrellevar la pesada carga de los días que sucedieron a la suspensión de la orden de despegar». Así era exactamente como me sentía yo. Lamentaba lo ocurrido aquel día de mayo cuando habíamos ido al zoológico. Vivía como una vergonzosa renuncia haber salido del hotel, sin más, una vez que ya habíamos entrado. Me veía a mí mismo como un ejemplar en extinción. En los tiempos en que el hombre no era todavía un animal racional, un macho tan apocado como yo seguro que se habría ido de este mundo sin dejar descendencia.

Mientras me atormentaba de este modo, transcurrió medio verano. Una vez cada dos días iba a nadar a la piscina de la escuela. Allí veía a un montón de conocidos. Hacíamos carreras de cincuenta metros y el que las perdía pagaba las hamburguesas que nos comíamos, de regreso, en el McDonald's. Un día me encontré a Ôki. Como él estaba en el departamento de comercio, tenía pocas oportunidades de hablar con él. Por lo visto, seguía con las prácticas de judo que había empezado en secundaria y ahora tenía un cuerpo tipo Arnold Schwarzenegger.

Tras nadar un rato juntos, tomamos el sol al borde de la piscina. Cerca crecía un enorme alcanforero. Me tendí debajo y me quedé contemplando las hormigas que iban acarreando laboriosamente la comida hacia su hormiguero.

—¿Vamos a nadar? —me preguntó Ôki.

—¿Qué crees que hay de divertido en la vida de las hormigas?

—Si no te bañas, me voy yo solo.

—¿Cómo crees que disfrutan las hormigas?

—Pues comiendo bichos muertos o bichos más débiles que ellas, supongo.

Habló con tanta seriedad que me hizo gracia y me eché a reír.

—¿Qué pasa? —dijo él un poco ofendido.

—¿Es divertido el judo?

—Pues sí —dijo haciendo ademán de irse. Luego, tras vacilar un instante, añadió—: Tú sales con Hirose, ¿verdad?

—Pues sí —esta vez fui yo quien lo dijo.

—Uno de los mayores del club de judo va detrás de ella. Así que ándate con cuidado.

—¿Quién?

—Tachibana.

—¡Ah! Ése es un fantasma.

—Ése, a ti, te machaca —dijo con tono de querer decir que yo estaba muy equivocado—. El otro día, durante las fiestas, en el cine, unos tipos del Instituto de Pesca le hincharon las narices y él dejó medio muertos a tres.

—¡Qué miedo! —dije yo.

La luz que se vertía del cielo hacía brillar la superficie del agua. En el fondo, pintado de azul, unos aros transparentes de luz se abrían y cerraban. Los baldosines negros que marcaban la distancia desde el extremo de la piscina se deformaban en ondulaciones bajo el agua. Absorto, dejé de oír los ruidos a mi alrededor. Sólo veía el pausado vaivén del agua.

—¿Y tú, con Hirose, hasta dónde has llegado? —me preguntó Ôki un poco después.

—¿Hasta dónde?

—Vamos..., que si ya habéis follado.

—Los de judo sois unos patanes —dije con los ojos cerrados.

—Yo sólo me preocupo por ti —dijo, descorazonado.

—¿Qué quieres decir?

—Si aún no lo has hecho, hazlo ya —por lo visto, Ôki no pensaba en otra cosa. Aunque la verdad era que yo tampoco—, y entonces, a lo mejor, Tachibana pasará de ella.

«¡Imbéciles!», pensé. Ir a por ella, pasar de ella. Me repugnaban los fanfarrones que iban por ahí diciendo «mi mujer» o «mi novia». Si a ese retrasado mental de judo, a ese tal Tachibana, tanto le gustaba Aki, que fuera y se lo dijera directamente a ella. ¿Qué sentido tenía lo de que «si follábamos, a lo mejor, él pasaría de ella»? Aki no era propiedad de nadie. Aki sólo se pertenecía a sí misma.

—Los de judo sois un poco cortos —dije.

—¡Oye, que me cabreo! —dijo como si ya estuviera medio enfadado.

—No te mosquees, hombre.

Soltó un hondo suspiro.

—Si quieres, te arreglo la cosa.

—¿El qué?

—El lugar de la cita, la situación. Seguro que allí funciona.

Achiqué los ojos, dubitativo.

—No me digas que los de judo hacéis ahora de alcahuetes.

—¿Qué quieres decir con eso?

—Veo que te tomas muchas molestias por mí.

—Cuando estaba en el hospital con la pata rota, Hirose y tú vinisteis a verme —dijo Ôki, conmovido—. Me alegraban mucho vuestras visitas.

—Hace mucho de eso.

También yo me puse un poco sentimental al oírlo. Recordé cómo Aki y yo habíamos ido paseando hasta el castillo. Los dos estábamos emocionados.

—Bueno, ¿te interesa lo que te cuento o no?

—Te escucho.

—Aquí no es un buen sitio —dijo echando un vistazo a su alrededor—. ¿Y si nos vamos al McDonald's?

—¿Al McDonald's?

—Tengo hambre.

—Yo no.

—Yo sí —Ôki remarcó enfáticamente el «yo». En un abrir y cerrar de ojos se desvanecieron mis sentimientos nostálgicos—. ¿Quién dijo que ésta era una época triste donde la amistad se compraba con dinero?

—Yo nunca lo había oído —repuse. Y al levantarme, dejé caer—: Un Big Mac y una ración grande de patatas fritas, ¿trato hecho?

4

La casa de Ôki estaba en un pueblo de la costa y sus padres se dedicaban al cultivo de perlas. En secundaria, él recorría cada día en bicicleta los cinco kilómetros que había hasta la escuela. Ahora decía que los entrenamientos de judo eran muy duros e iba en autobús. Yo había ido varias veces a visitarlo. Su casa estaba junto a la orilla del mar y, frente a ésta, había una balsa para el cultivo de perlas de un tamaño similar al de una pista de tenis. Nos dejaban nadar allí. El extremo de la balsa estaba a más de diez metros de la orilla, y en aquel punto ya no se veía el fondo del mar. Nosotros cogíamos carrerilla sobre la pasarela de la balsa y, una y otra vez, nos zambullíamos en el agua. Por más lejos que saltáramos, por más hondo que nos sumergiéramos, el mar poseía una amplitud asombrosa, una profundidad de espanto. Cuando teníamos hambre, comprábamos leche y bollos en la cooperativa de pescadores y nos los tomábamos sobre la balsa. Y volvíamos a nadar. Debajo se agrupaban un montón de pececillos. Cogíamos algunos mejillones adheridos a la balsa, los abríamos con una roca y utilizábamos su carne como cebo para pescar. Incautos, picaban *kawahagi* y *mebaru* que pasaban a formar parte de nuestra cena.

Las familias que cultivaban perlas solían tener barcas o botes. Lo habitual era que contaran con cuatro o cinco y que, como mínimo, uno de ellos estuviera libre. Según Ôki, de abril a junio, que es cuando hacen la implantación en la perla, estaban muy ocupados, pero luego no tenían demasiado trabajo. Así que podíamos tomar sin permiso una barca con motor fuera borda y disponer de ella durante unas horas. Según Ôki, sus padres ni siquiera se enterarían de que había desaparecido.

Mar adentro, a un kilómetro de la casa de Ôki, había una pequeña isla llamada Yumejima. Diez años atrás, una compañía de barcos de vapor de la región había intentado construir en ella un centro de ocio compuesto por baños de mar, un parque de atracciones y un hotel. Sin embargo, el banco que lo financiaba tuvo problemas de gestión y se retiró del proyecto. Al perder el apoyo financiero del banco, la compañía de barcos de vapor congeló temporalmente las obras. Poco después también quebró la empresa, con lo que el proyecto quedó abortado por completo.

—Casi todas las instalaciones ya están listas —dijo Ôki mascando patatas fritas a dos carrillos—. Desde casa se ven la noria y la montaña rusa.

—¿Y por qué no retoma el proyecto otra empresa? —dije bebiendo café—. Si ya casi está listo.

—Porque está clarísimo que si lo abrieran al público perderían cientos de millones cada año —dijo Ôki dándoselas de enterado.

Pensé en las instalaciones en ruinas de la isla. En la época en que ingresé en primaria, cada año había un concurso de pintura sobre Yumejima. Los niños dibujaban sus fantasías sobre la isla y un jurado, en el que se incluían el alcalde y el presidente de la compañía de barcos de vapor, otorgaba el premio y la dotación económica. El ganador recibía costosos regalos, como podían ser una bicicleta o un ordenador. Y nosotros imaginábamos la isla como una ciudad del futuro y enviábamos nuestros dibujos al concurso.

—Pero puede usarse —prosiguió Ôki, dándole un gran mordisco a la Big Mac—. En especial, el hotel.

Agucé el oído. Ôki asintió con aire cómplice.

—Actualmente, el hotel de la isla se ha convertido en la casa de citas de los chavales que tienen barca de la zona —dijo—. Los viernes y sábados por la noche van allí en barca y follan con sus novias en las camas del hotel.

—¿De verdad? —dije adelantando la parte superior del cuerpo.

—Un día en que los de judo fuimos a pescar a la isla, registramos el hotel. Y las habitaciones estaban llenas de condones usados.

—¡Hum! —gruñí bebiéndome el café ya tibio.

—Así que tú puedes llevar a Hirose allí y echar un polvo.

—¿En una habitación llena de condones usados?

—¡Jo! ¡Qué fuerte! ¿No?

Sin embargo, Aki, que había mostrado su repulsión hacia un hotel claro y limpio, parecido a un hotel económico normal y corriente, ¿apreciaría la morbosa emoción de la isla? ¿Y si, una vez allí, no sólo se negaba sino que, encima, le daba un patatús? Entonces, ¿qué? ¿Echar un polvo mientras se hallaba fuera de juego?

—¿Y se puede ir a la isla así, por las buenas? ¿Entrar en los edificios y demás?

—Bueno, yo diría que es propiedad privada, pero no hay nadie que vigile.

—Tampoco me gustaría encontrarme a los chicos del pueblo.

—No pasa nada. Ésos van los fines de semana. Tú puedes ir un martes o un miércoles.

—¿Y tú nos llevarías a la isla?

—Sólo con que me pagues el carburante.

—A partir de hoy te llamaré «Ryûnosuke, el barquero».

—¡Trato hecho, entonces, don Juan Tenorio!

—¿Quién? ¿Yo?

Mientras seguía hablando con Ôki, ya había empezado a pensar qué pretexto podía darle a Aki para llevármela conmigo a la isla.

5

Salí de casa a las seis de la mañana y me encontré con Aki en la parada del autobús. A mis padres les había dicho que iba de excursión. Que cerca de casa de un amigo había un sitio donde podíamos acampar. Y que, como estaba junto al mar, allí podríamos pescar y bañarnos. «En caso de emergencia, podéis llamarme a este número», les dije, entregándoles un papel con el número de teléfono de casa de Ôki. Con que supieran adónde iba, mis padres se quedaban tranquilos y no hacían demasiadas preguntas. Además, a grandes trazos, era cierto lo que les había contado. Que iba a acampar cerca de casa de Ôki.

—¿Y quién es la novia de Ôki? —me preguntó Aki en el autobús.

—Pues no lo sé muy bien. Por lo visto, está en el departamento de comercio.

—¿Y cómo es que Ôki nos ha invitado?

—¿Te acuerdas de cuando fuimos a visitarlo al hospital en secundaria?

—¿Cuando lo ingresaron con la pierna rota?

—Sí, por lo visto se puso muy contento cuando fuimos a verlo.

—¡Qué cumplidor! ¿No?

Pero, cuando bajamos del autobús, la novia del cumplidor Ôki había dejado de poder venir con nosotros.

—¡Qué lástima! —exclamé como si tuviera el corazón destrozado.

—Sí. ¡Qué lástima! ¡Qué lástima! —dijo Ôki.

—¡Qué le vamos a hacer! Pues vayamos los tres.

—Sí. Vamos. Vamos.

Cargamos nuestras cosas en la barca, amarrada en la balsa de las perlas.

—¿Y tu bolsa, Ôki? —preguntó Aki.

Le dirigí a Ôki una mirada incendiaria.

—Pues, yo...

—Su parte la llevo yo —improvisé, veloz como una centella—. Ya que él nos deja la barca.

—Eso, eso. Yo ya pongo la barca.

Tras cargar las bolsas, fuimos embarcando uno tras otro. Era un bote de fibra de vidrio con capacidad para cuatro personas, y en la popa llevaba un viejo motor fuera borda.

—¡Allá vamos! —dijo Ôki, animoso.

—¡Adelante! —le secundé yo.

Aki estaba sentada en medio del bote con aire poco convencido. Era temprano y una neblina blanca cubría la bahía. Entre la neblina emergían la balsa de cultivo de perlas y unas boyas de plástico. Desde lo alto del cielo, los rayos del sol se vertían sobre el mar a través de la niebla. Al rasgar la superficie del agua, la quilla de la barca levantaba salpicaduras transparentes que brillaban al sol de la mañana. Al salir a alta mar, la niebla se disipó. Un milano sobrevoló la barca describiendo grandes círculos. De vez en cuando nos cruzábamos con un barco que volvía de pescar. Cada una de las veces, Aki les agitaba la mano. Los tripulantes del pesquero siempre le devolvían el saludo. Junto al motor, Ôki, cegado por la luz del sol, la miraba con los ojos entrecerrados.

Conforme nos íbamos acercando a la isla, la noria y la montaña rusa se veían más y más grandes. Antes de llegar al parque de atracciones se encontraban los baños, con sus casetas, duchas y otras instalaciones. Todo se hallaba en un estado lamentable, oxidado, a merced de la lluvia y del aire salobre del mar. Ahora, el sol ya estaba alto en el cielo y los pilares de la noria, llenos de desconchones en la pintura, brillaban en rojo óxido.

A la izquierda del parque estaba el embarcadero, y más allá, en una colina que había detrás, se alzaba, blanco, un hotel de hormigón. El pie del embarcadero también estaba teñido de rojo orín. No había ni dique ni rompeolas. La isla estaba en un mar interior y, a menos que hubiera un tifón o una borrasca, el mar estaba siempre en calma. Ôki aflojó la válvula reguladora y la barca enfiló despacio hacia el muelle. Al mirar el mar desde popa, se veían unos bancos de pececillos azules y amarillos que nadaban por un agua iluminada por los brillantes rayos del sol. Un poco más allá del embarcadero flotaban montones de medusas blancas.

Ôki alargó el brazo desde la barca y se agarró al pie del embarcadero. Yo fui el primero en desembarcar. Amarré la cuerda que me lanzaba Ôki al pie del puente y, luego, ayudé a Aki. Tras descargar las bolsas, Ôki subió al muelle en último lugar. Le propuse a Aki dirigirnos a la zona de los baños.

—¿Y Ôki? —preguntó ella.

—¿Yo? —dijo Ôki mirándome de reojo.

—Él se va a pescar, ¿verdad, Ôki? —respondí al instante.

—Sí, eso. Me voy a pescar.

—A Ôki le gusta mucho estar solo.

La zona de los baños estaba al sur de la isla, donde caían los rayos inmisericordes del sol. No había sombra alguna. En la arena, un poco alejados de la orilla, crecían algunos lirios. De vez en cuando, desde la colina, llegaba el canto de los pájaros. Aparte de eso, lo único que se oía era el rumor de las olas que rompían suavemente en la orilla.

Las casetas de la playa estaban en tan mal estado que eran completamente inservibles. El armazón de hierro, de un color entre rojo y negro, estaba oxidado por completo, y las tablas del entarimado del suelo estaban medio podridas. Además, estaban infestadas de tiñuelas. No tuvimos más remedio que cambiarnos, por turnos, en el interior de las duchas.

Nos adentramos en el mar. Aki era buena nadadora. Con la cara fuera del agua y vuelta hacia un lado, se deslizaba por el agua con facilidad. Introduje la cabeza bajo el agua, llevaba las gafas de natación, y vi cómo unos pececillos de diferentes colores nadaban de aquí para allá. También había muchas estrellas y erizos de mar. Tocando a duras penas el fondo, me saqué las gafas y se las pasé a Aki. Como la profundidad del agua era en aquel punto excesiva para su altura, la sostuve dentro del agua mientras se ponía las gafas. Ante mis ojos, estaban sus pechos. Su blanca piel húmeda relucía a la luz del sol.

Luego salimos a mar abierto. No alcanzábamos a tocar el fondo. Aki, tras estar un rato mirando hacia el fondo del mar con las gafas, se las quitó, manteniéndose vertical dentro del agua, y me las devolvió.

—¡Es fantástico! —dijo ella.

Miré bajo el agua con las gafas. A mis pies, el fondo marino se hundía en una cuenca de forma cónica. Las escarpadas pendientes de los lados se iban difuminando a medida que aumentaba la profundidad del agua hasta hundirse en una oscura sima donde no llegaba nunca la luz del sol. Era una visión espeluznante.

—¡Uaa! —dije.

Aki sonrió. Quise estampar un rápido beso en sus labios. Pero no lo logré. Ambos acabamos tragando agua salada. Atragantándonos, nos reímos a carcajadas. Agarrada a mi mano, Aki se puso boca arriba. La imité. Mientras flotaba en el agua, con los ojos cerrados, el fondo de mis párpados se tiñó de rojo. Pequeñas olas me bañaban las orejas con un dulce rumor. Abrí los ojos despacio y miré hacia un lado. La larga cabellera de Aki se desparramaba sobre la superficie del agua como una mancha de tinta.

Al mediodía, volvimos al muelle. Ôki nos estaba esperando y, tal como habíamos convenido, dijo que lo habían llamado por radio desde su casa diciendo que su madre se encontraba mal y que tenía que regresar.

—Nosotros también nos vamos contigo —dijo Aki, considerada.

—No, no —dijo Ôki con el rostro crispado—. Vosotros quedaos aquí, pescando. ¡Y más habiendo venido hasta aquí! Yo volveré al anochecer. Seguro que no es nada grave. Mi madre es hipertensa. Con que tome la medicina y se acueste un rato, seguro que enseguida mejora.

—Bueno, entonces, ¡hasta luego! —dije yo rápidamente.

—¿No sería mejor que regresáramos todos juntos y viésemos cómo está tu madre? —insistió Aki—. Si no es nada serio, podemos volver luego. Y si tu madre se encuentra mal, quedándonos aquí no haremos más que ocasionaros molestias, a ti y a tu familia.

—Pues, quizá sí... —dije mirando a mi cómplice con expresión suplicante. En la frente de Ôki empezaron a formarse gruesas gotas de sudor.

—Al atardecer vuelve mi hermano del trabajo. Y yo me quedaré libre. Hace tiempo que tenía ganas de venir a acampar a la isla. Así que me portaré bien hasta el atardecer, pero dejad que al menos me divierta un rato por la noche.

—Bueno, si es así... —sin acabar la frase, miré indeciso a Aki.

Ella parecía convencida por el vehemente discurso de Ôki.

—¿Nos quedamos, pues?

Ôki y yo cruzamos involuntariamente una mirada. Su expresión era neutra, sólo sus ojos parecían decir: «¡Canalla!».

En un instante en que Aki estaba distraída, lo miré juntando las dos palmas de las manos ante el pecho.

Nuestras acciones posteriores fueron anormalmente rápidas. Ôki quería alejarse de la isla lo antes posible. Yo quería meterlo en el bote y facturarlo a tierra antes de que Aki cambiara de opinión.

—¡Habitación 205! —me susurró mientras soltaba amarras—. Y me debes una.

—Estoy en deuda contigo —le agradecí de nuevo.

Cuando la barca se perdió de vista, Aki y yo almorzamos sentados en el muelle. Aki se puso una camiseta blanca encima del bañador. Yo estaba en traje de baño. De pronto, me sacudió una realidad cegadora: «Aki y yo estamos solos en la isla». Noté cómo un deseo de naturaleza desconocida brotaba desde lo más hondo de mi corazón. Ôki no volvería hasta la mañana siguiente.

Ni siquiera notaba el sabor de la comida. La magnitud de la libertad que me había sido dada me provocaba vértigo. A lo largo de aquellas veinticuatro horas, podía convertirme en lobo tanto como en cordero. Mi personalidad se extendía por un amplio territorio que iba del doctor Jekyll a mister Hyde. Me espantaba el hecho de tener que optar por una. Porque sólo la que yo eligiera se convertiría en realidad, y las otras se desvanecerían en la nada. Aquel a quien acabaría teniendo Aki ante los ojos sería el único «yo» escogido entre un número infinito de posibilidades. Mientras lo consideraba despacio, mi deseo sexual fue menguando y, a cambio, me poseyó un extraño sentido de la responsabilidad.

Después del almuerzo, pescamos con los aparejos que nos había dejado Ôki. Usábamos orugas como cebo y, en cuanto lanzábamos el anzuelo, babosos y *gure* lo mordían enseguida. Al principio teníamos la intención de comérnoslos para cenar, pero picaban con tanta inocencia que nos apiadamos de ellos y, al final, los fuimos soltando conforme los pescábamos.

Las gruesas tablas del embarcadero habían absorbido el calor de los rayos del sol. Sentados allí encima, pronto nos invadió una dulce modorra. Una brisa fresca soplaba desde el mar, así que no sudábamos. Nos untamos el uno al otro con crema de protección solar. De vez en cuando, descendíamos del muelle al mar y poníamos los pies en remojo o bien nos tirábamos agua por encima.

—Espero que la madre de Ôki esté bien —dijo Aki con aire preocupado.

—Si sólo se trata de hipertensión, no es nada grave, ¿no?

—Pero, de haber sido una tontería, no lo habrían llamado por radio, ¿no?

Aquella mentira se había convertido en una pesada carga para mí. Al quedarnos solos, el tema de las «relaciones físicas», paradójicamente, había dejado de importarme. Ahora que estaba a medio camino de la victoria, la artimaña que había urdido con Ôki me parecía, de pronto, necia e infantil. Tuve la sensación de poder verme, desde la distancia, a mí mismo convertido en un idiota por culpa de aquella tontería.

Aki sacó un transistor de la mochila y lo encendió. Era la hora de *Nuestro pop de la tarde* y empezaron a sonar las voces familiares de los disc jokey, un hombre y una mujer.

—... ¡Qué calor! ¡Qué calooor! ¡Estamos en verano, amigos! Hoy vamos a presentaros un programa especial sobre las canciones que nos gusta escuchar en la playa, en veraaano...

—... ¡Sí! ¡Pues claro que sí! También atenderemos vuestras peticiones telefónicas. ¡Adelante! ¡Esperamos un montón de llamadas! Y entre los que llaméis, sortearemos diez camisetas muy especiales. ¡Las camisetas del programa! ¡Fantáástico!

—... ¡Y ahora vamos a leer vuestras postales! La primera es de nuestro amigo Yoppa que nos escribe desde Kazemachi. Yoppa nos dice: «¡Hola, Kiyohiko! ¡Hola, Yôko!». ¡Hola a todos, amiiigos! «Estoy en el hospital porque estoy enfermo de la barriga.» ¡Pobre Yoppa! «Estoy harto de que me hagan pruebas todos los días.» ¡Vaaaya! «Quizá tengan que operarme. ¡Qué mala suerte! Justo ahora, que estoy en vacaciones. Pero la vida es larga. Espero veros este verano, aunque sólo sea una vez.» ¡Vaaaya! ¡Muy bieeen, Yoppa!

—... «A mí también me operaron. Fue cuando iba al instituto. De apendicitis. Estuve ingresado tres días. Una operación es algo horrible, pero se pasa pronto.»

—Esto es lo que nos cuenta otro amigo. ¡Claro que lo suyo sólo fue apendicitis! Bueno, esperemos que la enfermedad de Yoppa no sea grave. ¡Ánimo, y que te mejores! Y a petición de nuestro amigo Yoppa, vamos a escuchar *Fruto de pleno verano*, de Southern All Staaars...

—¿Te acuerdas de cuando enviaste la postal pidiendo que me pusieran una canción? —me dijo Aki mientras escuchaba la melodía.

—Claro.

Era un tema que prefería no tocar. Sin embargo, ella siguió rememorando con nostalgia:

—Estábamos en segundo de secundaria. Tú pediste *Tonight,* ¿verdad? Y pusiste un montón de mentiras.

—Y tú me echaste la gran bronca.

—Pero ahora todo se ha convertido en un recuerdo muy bonito. Tú escribiste todas aquellas mentiras para que leyeran la postal, ¿verdad?

—Pues sí —dije—. Tú, en aquella época, tenías un novio que iba al instituto, ¿no?

—¿Un novio? —dijo ella con un timbre de voz nervioso, volviéndose hacia mí.

—Sí. Un chico muy guapo que jugaba al voleibol.

—¡Ah! —Aki, finalmente, parecía haber caído en la cuenta—. ¿Y cómo has sabido tú eso?

—Oí cómo lo decían las chicas de la clase.

—¡Qué cotorras! Yo estaba colada por él, eso es todo. Él ni se enteró.

—Conque estabas colada, ¿eh?

—Sí. Entonces yo era una criatura que no sabía lo que es el amor.

—¡Hum!

Ella me miró con ojos inquisitivos.

—¿No estarás celoso, verdad, Saku-chan?

—Y si lo estoy, ¿qué pasa?

—¡Vamos! Que estaba en segundo de secundaria.

—Oye, que yo estoy celoso hasta de tu sujetador.

—¡Burro!

A lo lejos, en el cielo sobre tierra firme, se habían ido agrupando, despacio, los cúmulos. La cabeza de las nubes era de un reluciente color blanco, pero la parte central era gris y la cola, casi negra. Se oía el retumbar de los truenos en la distancia. Desde el mar soplaba un viento tibio cargado de humedad. Las nubes se iban acercando a nosotros, cubriendo el cielo por completo. El mar pasó de un brillante color azul al gris.

—Ôki todavía no vuelve —dijo Aki con ansiedad.

Estuve a punto de confesárselo todo y aliviar así aquella sensación opresiva que me atenazaba la garganta. En aquel instante, empezaron a caer gruesos goterones de lluvia. Al principio caían de forma espaciada, pero poco después, como si bajara el contrapeso del metrónomo, el *tempo* de precipitación de la lluvia fue haciéndose cada vez más rápido hasta que, al final, acabó en un ruido blanco.

—¡Qué agradable! —musitó ella con arrobo. Volvió la cara hacia el cielo y expuso su frente a la lluvia—. Éste era el plan, ¿no?

Me volví. Las gotas de lluvia reventaban contra sus mejillas.

—Al principio, éramos cuatro los que teníamos que venir. Pero, hoy, la novia de Ôki va y no puede. Luego, es su madre la que se pone enferma. Y, así, nosotros dos nos quedamos solos en la isla.

Pensé que todo estaba perdido.

—Lo siento —dije volviéndome hacia Aki. Y bajé humildemente la cabeza.

La lluvia había arreciado. Las olas que rompían contra el pie del embarcadero habían crecido. Ella seguía con los ojos cerrados, el rostro bañado por la lluvia.

—¡No tienes remedio! —me dijo poco después en tono maternal—. ¿Y cuándo volverá Ôki, entonces?

—Mañana a mediodía.

—Todavía falta un montón de tiempo.

—Sí, pero hasta entonces no haremos nada que tú no quieras hacer, ¿eh?

Ella no respondió. Estaba contemplando absorta la mochila que se empapaba bajo la lluvia y los termos llenos de comida.

—Llevémonos todo esto —dijo finalmente. Y se levantó.

6

Desde lejos, el hotel parecía nuevo, pero al mirarlo de cerca se podían apreciar los grandes desconchones en la pintura y se veía que el edificio se encontraba casi en ruinas. Ante la fachada había plantada una enorme palma de sagú y, detrás de ésta, nacía una rampa suave que conducía al vestíbulo. Nos detuvimos y alzamos los ojos hacia el edificio de cuatro plantas. No hubiera desmerecido como escenario de una película de terror. La puerta automática de la entrada estaba atrancada con tablones, pero una parte de éstos se había desprendido y había dejado un boquete por el que podía introducirse una persona. El hotel, más que una casa de citas, parecía un lugar de encuentro para el tráfico de drogas o el escondrijo de algún fugitivo.

En la planta baja, aparte del vestíbulo y del salón, estaban el restaurante y la cocina. En un rincón del restaurante había un montón de mesas y sillas apiladas. Cruzamos el vestíbulo y subimos las escaleras despacio. Arriba, a partir del primer piso, estaban las habitaciones de los clientes. Unas puertas de color marrón oscuro con pomos se alineaban a un lado del corredor. En el corredor y en las escaleras, había acumulada una gran cantidad de arena fina que crujía bajo las suelas de nuestras sandalias.

Ôki había dicho «habitación 205». O sea, que, mientras nosotros nadábamos en el mar, él debía de haberla adecentado un poco. Para que los ojos de Aki no toparan con condones usados o algo por el estilo. Por supuesto, yo le había prometido que le pagaría. No habíamos especificado la cantidad, pero quedaba claro que no bastaba con un Big Mac y unas patatas fritas. De pronto, me sentí como el dueño de una pequeña empresa agobiado por las deudas.

A medio corredor, había un ventanal con los cristales rotos por donde penetraba un árbol que crecía en la ladera de la colina de detrás del hotel. El árbol extendía sus ramas, llenas de verde follaje, hacia el techo del corredor. Por lo visto, era sólo cuestión de tiempo que el hotel entero fuera invadido por la vegetación.

Al abrir la puerta que Ôki me había indicado, la 205, una enorme cama doble apareció, de pronto, ante nuestros ojos. La cama estaba plantada, sin ningún pudor, en el centro de la habitación. En un acto reflejo, desviamos la vista como si estuviéramos mirando algo improcedente. Pero no había nada más en la habitación. Apurados, sin saber hacia dónde dirigir la mirada, fuimos recorriendo con los ojos, sin sentido, el techo y el suelo de la estancia. Pensé que tendría que decir algo, pero las palabras no acudían a mis labios. Me quedé allí plantado, rígido y mudo. Incluso me avergonzaba del sonido que hacía al tragar la saliva que tenía en la boca.

—¿Qué te parece si de momento dejamos las cosas aquí y vamos a dar una vuelta por el hotel? —logré decir al fin.

—¡Vale! —asintió Aki con alivio.

Nos dirigimos a la cocina. También en ésta había penetrado la vegetación de la colina de detrás del hotel y se veían algunas matas creciendo aquí y allá. Los dos sentíamos la piel pegajosa por el agua salada. El aguacero no había logrado lavarla por completo. Abrimos el grifo de la cocina, pero no salió agua.

—Sin agua, no podemos preparar la cena —dijo Aki como si me lo estuviera recriminando.

—Ôki me ha dicho que detrás del hotel hay un pozo —repuse yo en tono de disculpa.

La puerta de la cocina había desaparecido. Por entonces ya había escampado, y la luz del atardecer proyectaba pálidas sombras sobre las tablas del suelo. La colina había proseguido su avance hasta allí mismo. En las pendientes, los hierbajos crecían tan altos y espesos que impedían ver la tierra de debajo. Maleza, plantas trepadoras y arbustos se apiñaban apretados. Por encima de unos rosales silvestres donde se entrelazaban la artemisa y el *dokudami,* sobrevolaban dos mariposas persiguiéndose la una a la otra. Un poco más allá había una vieja cisterna de piedra. Estaba semienterrada entre la maleza y nosotros, despistados, estuvimos a punto de caernos dentro. Entre la hierba asomaba una cañería de plástico y de la boca del tubo salía, a chorros, un agua cristalina. Sin duda, era agua pura que procedía de la montaña. Introduje la mano dentro de la cisterna. El agua estaba agradablemente fría.

—Podemos lavarnos aquí —dije.

Aki todavía llevaba la camiseta encima del traje de baño.

—Espera. Voy a buscar una toalla.

—Vale —Aki miró a su alrededor, confusa.

Subí hasta la habitación del segundo piso y, cuando volví con una toalla y una muda metidas en una bolsa de plástico, me encontré a Aki al lado de la cisterna, desnuda, dándome la espalda. Era una visión sorprendente. El sol del atardecer se estaba ocultando tras la montaña. El blanquísimo cuerpo desnudo de Aki flotaba vagamente entre la tupida maleza. Permanecí unos instantes contemplando su figura de espaldas con la sensación de que estaba soñando.

—¿Qué estás haciendo?

—Pues —dijo ella sin volverse—, es que no tengo toalla.

—¿Y tú te desnudas sin pensar en lo que viene a continuación, o qué?

Riendo, le eché una toalla de baño por encima de los hombros.

—Gracias.

Aki se secó deprisa y se enrolló la toalla a la altura del pecho. La toalla no era tan grande como creía y sólo le alcanzaba a cubrir hasta bastante por encima de las rodillas.

—No me mires mucho —dijo.

Dentro de la cisterna crecían, tupidas, unas plantas acuáticas de color verde parduzco que se cimbreaban despacio, formando una especie de mechones de cabello. Empapé una toalla en el agua de la cisterna y me lavé. Cuando estaba frotándome el cuerpo con la toalla bien escurrida, me di cuenta de que Aki me miraba desde la entrada de la cocina.

—¡Ah! ¿Estás aquí?

Ella, aunque un poco tarde, bajó la mirada.

—He pensado que necesitarías la toalla.

—Gracias —dije y la cogí, dándole la espalda.

Mi padre, gran amante de la montaña, me había prestado un hornillo, una cazuela, un juego de cubiertos y demás cacharros. La cena me tocaba hacerla a mí. El menú era *donburi de anguila y huevo que te dejará patidifuso*. Un plato fácil de preparar. Primero, pones a hervir el agua de una botella de plástico y le añades arroz. El arroz tiene que cocer unos diez minutos. Mientras tanto, dejas en remojo lampazo cortado en tiras finas. Troceas la cebolleta y abres un paquete de anguila precocinada. Metes el lampazo en el fondo de la cazuela y añades agua y salsa. Lo pones al fuego y, cuando hierve, añades la anguila y la cebolleta, y lo dejas cocer. Echas por encima huevo batido, lo tapas y lo dejas un rato para que se cueza al vapor. Después, lo echas por encima del arroz servido en boles y ¡listo! Si lo acompañas de un *misoshiru* instantáneo de Nagatanien, tienes una comida de un solo plato magnífica.

Aki preparó palitos de verduras y macedonia de frutas. Unos platos que, a pesar de lo laborioso que resultaba prepararlos, no cantaban precisamente las excelencias de la comida al aire libre. Ya había oscurecido y encendimos una lámpara de gas portátil que también me había prestado mi padre. Durante la cena, sintonizamos una emisora de FM. Era un programa de petición de canciones de música occidental y aquella noche hacían un especial dedicado a grupos con nombres largos: Red Hot Chili Peppers, Everything But the Girl, Afrika Bambaataa & the Soulsonic Force...

Después de la cena, limpiamos los cacharros con papel higiénico y metimos la basura dentro de bolsas de plástico. Luego, lámpara en mano, nos dirigimos a la habitación del segundo piso. Como ya nos habíamos visto desnudos durante el baño, ahora no nos sentíamos tan cohibidos. Con el estómago tan lleno, daba pereza pensar en maldades. Así que, apoyados en la cabecera de la cama, decidimos hacer un test de vocabulario inglés. Uno decía una palabra japonesa y el otro la traducía al inglés. Si uno conocía la palabra que el otro no había podido responder, se anotaba un punto.

—*Meishin* —preguntó Aki.

—*Superstition* —respondí yo al instante.

—¿Demasiado fácil?

—Pues un poco. A ver, *ninshin*.

Aki me miró con los ojos como platos.

—¿No lo sabes?

—No.

—*Conception*.

—¡Ah, sí!

—Ahora te toca a ti.

—Pues... *Dôjô, kyôkan*.

—*Sympathy* —otra respuesta instantánea—. ¿Estáis estudiando las palabras que empiezan por «s» o qué?

—Pues eso parece. Pero, oye, Saku-chan, tú eres muy bueno en inglés, ¿no?

—Esas dos palabras las he sabido por los títulos de las canciones de rock. De Stevie Wonder y de los Rolling Stones.

—¡Ah!

—Va, sigamos. *Bokki.*

—¿Y eso qué es?

—Pues, *bokki.* ¿Cómo se dice *bokki* en inglés?

—Que si *ninshin,* que si *bokki...* Esas palabras no sirven para nada, ¿no? —dijo Aki, enfadada.

Yo, manteniendo la calma, le expliqué:

—*Conception* también significa «concepto», ¿no? Y *bokki* es «erección», de acuerdo. Pero si cambias la «r» por la «l», tienes «elección». Y tú ya sabes que «general election» significa «elecciones generales». Pero, si te equivocas al pronunciarlas, vas y hablas de la «erección del general»*. O sea, que es importante que conozcas estas cosas para no acabar haciendo el ridículo.

—¿Y cómo las has aprendido tú?

—Las he buscado en el diccionario.

—Sí. Ya dicen que, para aprender algo, lo principal es que a uno le guste.

—No creo que sea el caso.

---

* En japonés, la «l» y la «r» no existen como fonemas distintos. Por lo tanto, los japoneses pueden encontrar difícil discernir entre uno y otro al principio de estudiar una lengua extranjera donde sí existan como fonemas independientes. (*N. de la T.*)

—Pues yo creo que sí lo es.

Como no queríamos discutir, nos callamos y dirigimos la mirada hacia el exterior. Claro que estaba muy oscuro y no se veía nada.

—A veces pienso qué será de nosotros en el futuro, aprendiendo vocabulario inglés y otras cosas por el estilo —dijo Aki como si hablara consigo misma—. Dicen que el incremento de mujeres que acceden a los estudios superiores es directamente proporcional al de los divorcios. ¿No te parece raro eso de que cuanto más estudias más infeliz eres?

—Que te divorcies no significa que seas más infeliz.

—No, claro —y, tras hacer una pausa, añadió—: Porque nosotros vivimos para ser felices. Y estudiamos y trabajamos porque queremos ser felices.

En la radio continuaba el programa especial sobre grupos con nombres largos. Se habían remontado a otra época y estaban poniendo canciones de grupos como Quicksilver Messenger Service, Creedence Clearwater Revival, Big Brother & The Holding Company.

Avanzada la noche, volvió a llover. La lluvia azotaba con estrépito las ventanas y los aleros del hotel. Tendidos en la cama, escuchamos distraídamente el fragor de la lluvia. Si aguzabas el oído, con los ojos cerrados, se intensificaba el olor de las cosas. El olor de la lluvia, el olor de la tierra y de las plantas de la colina de atrás, el olor del polvo que se acumulaba en el suelo. El olor del papel arrancado a jirones de las paredes. Y todos estos olores nos envolvían, superponiéndose los unos a los otros.

Debíamos de estar cansados, pero, por más tiempo que transcurría, no nos visitaba el sueño. Entonces decidimos contar, por turnos, recuerdos de la infancia. Aki habló en primer lugar.

—Al acabar el parvulario, enterramos en el jardín una cápsula del tiempo. Dentro metimos un periódico, una fotografía de todos nosotros y una redacción. La redacción la escribimos sólo en *hiragana*[*] y era sobre lo que queríamos ser de mayores, sobre cómo nos veíamos en el futuro.

—¿Y tú qué pusiste?

—No me acuerdo —dijo con un ligero pesar.

—Que querías casarte, seguro.

—Pues por ahí debía de ir el asunto —dijo Aki con una risita—. Me gustaría desenterrarla y leerla.

Me tocaba a mí.

—Cuando mi abuela aún estaba bien, había un masajista que venía mucho por casa. Tenía unos sesenta años y era ciego de nacimiento. Un día, me preguntó: «Oye, pequeño, ¿la lluvia está hecha de gotas que van cayendo una tras otra, o llueve formando una especie de hilos largos?». Es que, como era ciego de nacimiento, no lo sabía.

—¡Ah, claro! —dijo Aki convencida—. ¿Y qué le respondiste tú?

—Que eran gotas. Entonces, él repitió: «¿Son gotas?», y pareció muy impresionado. Dijo que se lo había estado preguntando desde niño. Si serían gotas o hilos. «Y hoy, gracias a ti, pequeño, ya sé una cosa más», me dijo.

—Eso parece *Cinema Paradiso*.

---

[*] La escritura japonesa se compone de caracteres chinos *(kanji)*, más dos silabarios *(hiragana* y *katakana)*. El silabario *hiragana* es el primero que los niños aprenden a leer y escribir. *(N. de la T.)*

—Pero, ahora que lo pienso, es raro.

—¿Por qué?

—Porque, si tantas ganas tenía de saberlo, ¿cómo es que no se lo había preguntado nunca a nadie? No hacía falta que aguantara hasta los sesenta años. ¿Por qué tuvo que preguntármelo justamente a mí?

—Seguro que, al encontrarte, se acordó de pronto de algo que le intrigaba desde que era niño.

—O, a lo mejor, los días de lluvia iba diciendo lo mismo por todas partes.

La lluvia seguía cayendo.

—Espero que no estén preocupados por nosotros —dijo Aki.

—Quizá ahora mismo estén denunciando nuestra desaparición a la policía.

—¿Qué les has dicho tú a tus padres, Saku-chan?

—Que me iba a acampar a casa de un amigo. ¿Y tú?

—Lo mismo. He utilizado a unas amigas como cómplices.

—¿Y esas amigas son de fiar?

—Espero. Pero odio eso. Molestar a un montón de gente.

—Sí, claro.

Aki se tendió y se volvió hacia mí. Me rozó ligeramente los labios en un beso.

—No nos demos prisa, ¿vale? Vayamos siendo, tú y yo, uno solo poco a poco.

Cerramos los ojos abrazados el uno al otro. Bajo la manta de toalla que habíamos extendido en vez de sábana, crujían unos pequeños granos de arena.

A medianoche, cuando me desperté, ya había terminado la emisión radiofónica. La lámpara de gas que habíamos dejado al mínimo también se había apagado. Me levanté y desconecté la radio. El calor de la lámpara de gas permanecía dentro de la habitación. Al abrir la ventana, entró una ráfaga de aire fresco junto con el olor del mar. El amanecer aún estaba lejos. Había escampado y, en el cielo despejado, se veían muchas estrellas. Debido, tal vez, a que no había luces en los alrededores, las estrellas se veían tan cercanas que parecía que pudiera tocarlas con la punta de la caña de pescar.

—Se oyen las olas —era la voz de Aki.

—¡Ah! ¿Estás despierta?

Ella se acercó a la ventana y miró hacia fuera. Al otro lado de aquel mar de color negro se veían, pequeñas, las luces de la costa.

—¿Por dónde debe de ser?

—Por Koike o Kokubo, creo.

Las olas se acercaban a la orilla, rompían y, luego, retrocedían. Se oía cómo rodaban las piedras de la costa que las olas arrastraban consigo al retirarse.

—Oye, ¿no está sonando el teléfono por alguna parte? —dijo Aki de pronto.

—¡No me digas!

Agucé el oído.

—¡Es verdad!

Cogí la linterna que estaba sobre la mesa. Luego, salimos Aki y yo de la habitación. El pasillo estaba sumido en las tinieblas. La luz de la linterna alumbró vagamente la pared del fondo. El teléfono parecía sonar, justamente, en la última habitación. Avanzamos despacio, intentando ahogar el sonido de nuestros pasos. El teléfono seguía sonando. A pesar de que íbamos acercándonos, más y más, a la habitación, el timbre del teléfono parecía tan lejano como al principio.

De pronto, cesó. Era como si la persona que llamaba hubiese llegado a la conclusión de que no había nadie en casa y hubiese colgado. Nos miramos sin palabras. Dirigimos el haz de luz de la linterna a nuestro alrededor. Aquél era el lugar donde el cristal de la ventana estaba roto y por donde penetraban en el edificio las ramas del árbol de la colina. Sobre nuestras cabezas, una gruesa rama cubierta de enredadera lucía un verde y frondoso follaje. Al iluminarla, vimos un escarabajo que corría por la corteza. Me asomé por el ventanal roto y dirigí el haz de luz hacia fuera. La pendiente de la montaña estaba a unos escasos cuatro o cinco metros.

—¡Luciérnagas! —susurró Aki.

Al dirigir la vista hacia donde ella miraba, vi una pequeña luz entre la hierba. Al principio creí que era sólo una, pero, al aguzar la vista, descubrí un baile de luces, brillando aquí y allá. Conforme miraba, el número fue aumentando deprisa.

La luz de cien, doscientas luciérnagas parpadeaba sin descanso entre la hierba y los arbustos. Una que estaba posada en una hoja alzó el vuelo, seguida por dos o tres más, y volvió a ocultarse entre la hierba. Aunque eran muchas, su vuelo era silencioso. A veces parecía que el enjambre entero de luciérnagas flotara en el viento.

—Apaga la luz —dijo Aki.

Ahora Aki y yo estábamos envueltos en las mismas tinieblas que ellas. Una luciérnaga se separó de sus compañeras y voló hacia nosotros. Se aproximó despacio, con su tenue luz. Se quedó un instante suspendida en el aire junto al sobradillo de la ventana. Acerqué la mano, con la palma vuelta hacia arriba. Entonces, la luciérnaga retrocedió un poco, precavida, y se posó en una hoja, en la punta de una de las ramas que penetraban en el edificio, y se quedó allí, inmóvil. Nosotros esperamos. Poco después volvió a alzar el vuelo, empezó a dar vueltas despacio alrededor de Aki y, al final, como un copo de nieve que cae, se posó suavemente en su hombro. Fue como si la luciérnaga la hubiese elegido a ella. Y brilló dos o tres veces como si enviara alguna señal.

Miramos la luciérnaga, conteniendo la respiración. Tras brillar unas cuantas veces, abandonó el hombro de Aki. Ahora se dirigió, sin vacilar, como cuando había venido, en línea recta hacia los hierbajos de la colina, junto a sus compañeras. Yo la seguí con la mirada, aguzando la vista. Se reunió con el enjambre. Se mezcló con sus compañeras y, pronto, se perdió de vista confundida entre la multitud de pequeñas luces.

Capítulo III

1

Cuando volvimos del viaje escolar, a la enfermedad de Aki la llamaban «anemia aplástica». Aki parecía creerse lo que le habían dicho los médicos, que tenía una disfunción en la médula ósea. Evidentemente, yo tampoco tenía motivos para dudarlo.

Una enfermera me instruyó en la «técnica de la bata». Primero debía ponerme una bata y una máscara de las de la taquilla del pasillo. A continuación, tenía que sustituir mis zapatos por unas zapatillas especiales. Y luego, una vez me había desinfectado las manos en la entrada de la habitación, por fin, ya podía penetrar en ella.

Cada vez que me veía con la bata y la máscara puestas, Aki se desternillaba de risa sobre la cama.

—¡Es que no te pegan para nada!

—¿Y qué remedio me queda? —dije, descorazonado—. Si tu médula es tan perezosa que no produce los glóbulos blancos que debería, ¿qué le voy a hacer yo?

—¿Cómo va la escuela? —me preguntó ella, cambiando de tema.

—¡Uf! Como de costumbre —respondí con lasitud.

—Pronto tendréis los exámenes trimestrales, ¿no?

—Sí.

—¿Estás estudiando?

—Más o menos.

—¡Tengo tantas ganas de volver al instituto! —musitó Aki dirigiendo la vista hacia el otro lado de la ventana.

La enfermera asomó la cabeza por la puerta de la habitación y preguntó si todo iba bien. La saludé con una sonrisa. Como iba a diario, las conocía a todas de vista. Las pruebas solían hacerlas por la mañana. Hasta la cena, teníamos unas horas de paz.

—Viene a vigilar, para que no nos besemos —me dijo Aki en voz baja cuando la enfermera hubo desaparecido—. El otro día, la enfermera jefe me dijo que no me besara con ese novio que venía a verme siempre. Que podría contagiarme los microbios.

Por un instante, me imaginé un montón de microbios pululando en el interior de mi boca.

—Da una impresión rara, ¿no?

—¿Te apetece?

—A mí me da igual.

—Podemos, si quieres.

—¿Y si te contagias?

—En el lavabo está el elixir que uso para las gárgaras. Enjuágate bien la boca primero.

Me bajé la máscara hasta la barbilla y me limpié cuidadosamente la boca con un colutorio bucal. Luego nos sentamos en un extremo de la cama, frente a frente. Me acordé de la primera vez que nos besamos. Darse un beso con semejantes medidas profilácticas originaba una tensión mayor que la del primer día. Nos rozamos los labios con suavidad.

—Hueles a elixir —dijo ella.

—Si esta noche tienes fiebre, no me eches la culpa a mí.

—Habrá valido la pena.

—¿Repetimos?

Volvimos a unir nuestros labios. Aquel beso, intercambiado tras haberme lavado la boca y vestido con una bata verde pálido de cirujano, parecía un rito solemne.

—El año que viene, durante la estación de las lluvias, iremos a ver las hortensias de la montaña del castillo, ¿vale? —dije.

—¡Uf! Quedamos en ir en segundo de secundaria —dijo con los ojos entrecerrados, con la mirada perdida en la distancia—. Sólo hace tres años, pero me da la sensación de que ha pasado muchísimo tiempo.

—Es que han sucedido muchas cosas.

—Sí, es verdad.

Aki pareció ensimismarse en sus pensamientos. Luego:

—Aún falta más de medio año —musitó.

—Así tendrás tiempo de sobra para curarte.

—Ya —asintió con vaguedad—. Pero falta mucho aún. Ojalá hubiésemos ido a verlas cuando todavía me encontraba bien. Si lo hubiera sabido...

—Estás hablando como si no fueras a curarte nunca.

En vez de responder, Aki me dirigió una triste sonrisa.

Un día, cuando llegué al hospital, Aki estaba durmiendo. Su madre, que solía acompañarla, tampoco se encontraba en la habitación. Desde el lado de la cama, me quedé contemplando su rostro dormido. Debido a la anemia, estaba muy pálida. Las cortinas de color crema de la habitación estaban corridas. A fin de evitar la luz del exterior, Aki dormía con la cara ligeramente vuelta hacia el lado opuesto al de la ventana. La luz que se filtraba a través de las cortinas flotaba en la habitación como si fuera polvillo de alas de mariposa. La luz caía sobre su rostro y añadía suaves sombras a su expresión. De pronto, me quedé mirando fijamente su rostro dormido con la sensación de que estaba viendo algo extraño. Y, en aquel instante, me asaltó la angustia pensando que una muerte diminuta, casi invisible, estaba brotando de las profundidades del sueño como si fuera la semilla de la adormidera. En clase de plástica, cuando miras el papel de dibujo bajo la luz radiante del sol, te da la sensación de que el papel inmaculado está, en realidad, cubierto de puntitos negros. Era exactamente la misma impresión.

La llamé. La llamé repetidas veces. Ella inició un pequeño movimiento. Luego movió la cabeza hacia ambos lados, como si estuviera rechazando algo. Lo que cubría su rostro se fue desprendiendo, capa a capa. Su expresión cobró un poco de vida y, luego, sus párpados se abrieron como un pajarito que canta.

—Saku-chan —susurró con extrañeza.

—¿Cómo te encuentras?

—Mucho mejor, después de echar un sueñecito.

Se incorporó sobre la cama, cogió la chaqueta que estaba colgada del respaldo de la silla y se la echó sobre los hombros del pijama.

—Esta mañana estaba muy deprimida —dijo.

En su mirada se apreciaban todavía rastros de desolación—. Pensaba en mi muerte y cosas por el estilo. En cómo sería si descubriera que tengo que separarme de ti para siempre.

—¡Qué tonta eres! No tienes que pensar en esas chorradas.

—Sí, ya lo sé —dijo ella con un suspiro—. Me parece que me estoy volviendo miedosa.

—¿Te sientes sola, aquí en el hospital?

Ella asintió con un pequeño movimiento de cabeza.

Cuando la conversación se interrumpía, el silencio pesaba como una losa.

—Es que no me imagino lo que debe ser no estar en este mundo —añadió Aki poco después, como si hablara consigo misma—. Te da una sensación muy rara eso de pensar que tu vida tiene un límite. Ya sé que es algo natural, pero nosotros vivimos sin pensar que son naturales las cosas que lo son.

—Tú piensa sólo en cosas agradables. En cuando te cures, por ejemplo.

—O en cuando me case contigo —dijo como si, más que continuar la conversación, lo que quisiera fuese concluirla.

—¿Qué? ¿Voy a lavarme la boca? —dije y, al fin, logré arrancarle una sonrisa.

Cada vez que la visitaba nos dábamos un rápido beso a espaldas de las enfermeras. Para mí, aquélla era la prueba de que estaba vivo. Como Aki nunca tuvo fiebre por el contagio, teníamos la intención de continuar indefinidamente con nuestro pequeño rito.

—Últimamente, al lavarme el pelo, se me cae a puñados —me dijo.

—¿Es un efecto secundario de la medicación?

Aki asintió en silencio.

Le cogí la mano en un gesto espontáneo. En situaciones como aquélla, nunca sabía qué decir. Para salir del apuro, solté:

—Aunque te quedes calva, te querré igual.

Ella me miró con los ojos como platos.

—¡Qué bruto! No hace falta ser tan explícito, ¿no?

—Lo siento mucho —dije con el corazón. Luego, a modo de disculpa—: En los textos antiguos, «explícito» significa «repentino» e «inesperado», ¿no te acuerdas?

Entonces Aki, de repente, sepultó la cara en mi pecho. Y empezó a sollozar como un niño pequeño. Fue algo inesperado. Me sorprendió, me dejó perplejo. Era la primera vez que la veía llorar. Aquella inestabilidad emocional no sabía si se debía a la enfermedad o si era un efecto secundario de la medicación. Pero yo, aquel día, por primera vez, tomé conciencia de la gravedad de su estado.

2

La cara de Aki había enflaquecido a ojos vistas. Debido a las náuseas, no podía comer. Se encontraba mal todo el día y no sólo no aguantaba la visión de la comida, ni siquiera soportaba su olor. Los días peores, le bastaba con oír el chirrido del carrito de la comida para que le entraran arcadas. Tomaba una medicina para las náuseas, pero apenas le hacía efecto. Era lógico suponer que le estaban dando una medicación muy fuerte, pero no parecía tener ninguna relación con la anemia. ¿De qué diablos la estaban tratando?

Busqué el apartado «anemia aplástica» en una enciclopedia médica. Ponía que era un tipo de anemia que se originaba por una disfunción de la hematopoyesis en la médula. Aquello era exactamente lo que le habían dicho a Aki. El tratamiento consistía en transfusiones de sangre y medicación con hormonas esteroides. De pronto, mis ojos se clavaron en un apartado de la página siguiente. «Leucemia.» Me acordé de la postal que había escrito en segundo de secundaria pidiendo una canción. Aquella broma insensible ¿no se habría vuelto, tal vez, contra Aki con la forma de un sufrimiento auténtico? Descarté de inmediato una idea tan irracional. Y empecé a leer la descripción de la enciclopedia. Pero, en el fondo de mi corazón, quedaron eternamente unos remordimientos que hablaban, una y otra vez, de futuro.

Tal como Aki temía, empezó a caérsele el pelo. Como lo llevaba largo, las zonas sin cabello eran muy visibles. Cuanto más se prolongaba el tratamiento, más deprimida se sentía.

—Estoy muy asustada, ¿sabes? Y si las medicinas no me hacen efecto, ¿qué pasará? —dijo Aki—. Porque si una medicación con unos efectos secundarios tan fuertes no funciona, pues eso quiere decir que no existe nada que pueda curarme, ¿no?

—Hoy en día, casi todas las enfermedades se curan —dije recordando lo que había leído en la enciclopedia médica—. Especialmente las infantiles.

—¿Infantiles? ¿A los diecisiete años?

—Todavía tienes dieciséis.

—Pronto cumpliré diecisiete.

—En todo caso, eres medio niña, medio adulta.

—O sea, que estoy a medio camino de poder curarme, o no curarme.

La conversación se interrumpió.

—A lo mejor están a punto de encontrar una medicina que te vaya bien.

—Eso espero —dijo alzando hacia mí una cara medio incrédula.

—Cuando hacía primaria, estuve en el hospital con neumonía. Entonces, a mí tampoco me hacían efecto las medicinas que me daban. Probaron una y otra, hasta que encontraron la que funcionaba. Mientras, mis padres estaban preocupadísimos pensando que me moría.

—Ojalá a mí también me encuentren pronto una medicina buena. Porque, a este paso, cuando la descubran, ya estaré muerta.

—Me gustaría estar en tu lugar.

—Si supieras lo duro que es, no lo dirías.

¡Crac! En el aire de la habitación pareció haberse abierto una grieta.

—Lo siento —dijo Aki con voz deprimida—. Por lo visto, más que ponerme buena, lo que debería hacer es preocuparme de que no se me estropee el carácter con la enfermedad. Porque si yo dejara de ser yo y tú me cogieras manía, no sé qué sería de mí, la verdad.

Al día siguiente, Aki me recibió con un gorrito de punto de color rosa pálido.

—¿Qué haces con ese gorro?

Con una sonrisa traviesa, Aki se lo quitó. Inconscientemente, tragué saliva. Parecía otra persona. Se había cortado el pelo. En una noche, su larga cabellera había dado paso a un pelo que, más que corto, estaba casi rapado.

—He pedido que me lo corten —fue ella quien habló primero—. Dicen que, cuando acabe el tratamiento, me crecerá de nuevo, que volveré a tener la melena de antes. ¡Qué le vamos a hacer! Hasta entonces, tengo que animarme y pensar sólo en el tratamiento.

—Veo que has decidido luchar.

—Aunque se me caiga el pelo, ¿me querrás igual?

—¿Y por qué no iba a hacerlo?

Aki se calló, como si mi tono la hubiese hecho sentirse cohibida.

—Hay conventos, ¿no? —dijo poco después.

—¿Conventos de monjas?

—Antes de ponerme enferma, lo pensaba. Que si tú te murieras, yo me metería a monja.

—¡Vaya cosas más tontas!

—Es que no puedo imaginarme cómo sería casarme con otro, tener hijos, ser madre y envejecer al lado de otra persona.

—Yo tampoco me imagino casado con otra, teniendo hijos y siendo padre. O sea que hazme el favor de curarte.

—Claro —dijo pasándose medrosamente la palma de la mano por la cabeza—. ¿Me sienta bien?

A partir de entonces, las náuseas empezaron a remitir. Puede que se debiera a que su cuerpo ya se había habituado a la medicación. O, tal vez, a que la actitud positiva que había adoptado frente al tratamiento la había ayudado a estabilizarse anímicamente. Seguía sin poder ingerir una auténtica comida. Pero empezó a tomar fruta, gelatina, zumo de naranja y, además, pequeñas cantidades de pan. También empezó a poder leer, aunque poco. Se interesaba por el modo de vida tradicional y por la concepción del mundo de los aborígenes australianos.

—¿Sabes? Antes de coger una planta, le imponen las manos —dijo Aki, explicándome lo que había leído—. Y así lo saben. Si está en pleno crecimiento y es demasiado pronto para comérsela o si ya ha recibido la vida suficiente y se puede comer.

Puse las manos sobre el rostro de Aki.

—Tú todavía estás a medio crecer. Es demasiado pronto para comerte.

—Oye, que va en serio.

—¿Qué dirías que comen los aborígenes?

—Pues... aves, pescado, nueces, fruta, plantas...

—Y canguros, lagartijas, serpientes, cocodrilos, orugas... A mí no me apetecería para nada comer estas cosas.

—¿Qué quieres decir?

—Que si tú te convirtieras en una aborigen, ya no podrías comer flanes ni galletas.

—¿Por qué sólo te fijas en cosas materiales de este tipo?

—Pues a mí, para que lo sepas, no todos los aborígenes me parecieron tan buena gente como tú dices —aseguré, decidido a hablarle de lo que había

120

visto con mis propios ojos durante el viaje—. También había algunos que se veían dejados, poco sanos. Tipos que bebían durante todo el día, o que mendigaban entre los turistas.

Aki repuso, enfadada:

—¡Eso es porque están oprimidos!

Y no dijo nada más durante un buen rato.

«De hecho, no se trata de los aborígenes», pensé al salir del hospital. En el fondo, su modo de vida y su visión del mundo eran un ideal que Aki contrastaba con su propia existencia, una especie de utopía. O, también, una esperanza, algo que daba sentido a su vida lastrada por la enfermedad.

—Ellos creen que todo lo que hay encima de la Tierra existe por una razón determinada —dijo en otra ocasión—. Que, en el universo, todo tiene un propósito y que las mutaciones espontáneas y las casualidades no existen. Que si pensamos así es porque no podemos entenderlo. En resumen, que el ser humano no tiene la suficiente inteligencia para comprenderlo.

—Me pregunto qué razón habrá para que nazca un niño acéfalo.

—¿Y eso qué es?

—Un bebé que nace sin cerebro. Claro que hoy en día se estudia utilizar su corazón para trasplantarlo a niños que sufren graves enfermedades cardíacas. Quizá eso signifique que se ha descubierto la razón por la que nacen los niños acéfalos.

—Yo diría que es un poco distinto. Comprender no es lo mismo que utilizar.

Debido al largo periodo de anemia, Aki estaba muy pálida. Seguían haciéndole transfusiones. Había perdido gran parte del cabello.

—¿Crees que también hay alguna razón para la muerte de las personas? —pregunté yo.

—Sí.

—Entonces, si hay una razón o un propósito, ¿por qué queremos escapar a ella?

—Porque aún no podemos entenderla bien.

—Un día hablamos del paraíso, ¿no? Tú dijiste que no creías ni en el otro mundo ni en el paraíso, ¿te acuerdas?

—Sí, me acuerdo.

—Si la muerte tiene algún sentido, ¿no crees que es incongruente negar la existencia del otro mundo y del paraíso?

—¿Por qué?

—Porque al morir todo acaba, ¿no? Y si no existe un después, es imposible que la muerte tenga un sentido.

Aki dirigió la vista al otro lado de la ventana y pareció quedarse reflexionando sobre lo que le había dicho. Entre los frondosos árboles de la montaña del castillo asomaba el blanco torreón. Unos milanos lo sobrevolaban.

—¿Sabes? Creo que lo que tenemos en el presente lo comprende todo —dijo ella al final, escogiendo cuidadosamente las palabras—. Ahí está todo, no falta nada. Por lo tanto, no hay ninguna necesidad de pedir lo que nos falta a Dios ni de buscarlo en el otro mundo o en el paraíso. Porque ya existe. Y creo que lo más importante es, precisamente, buscarlo —hizo una pausa—. Y lo que no existe, aquí y ahora, tampoco existirá después de la muerte. Sólo lo que hay, aquí y ahora, lo seguiremos teniendo después de muertos. ¿Me entiendes? Es que no sé expresarme bien.

—Mi amor por ti existe aquí y ahora y, por lo tanto, seguro que existirá después de la muerte —proseguí su razonamiento.

—Sí, exacto —asintió Aki—. Eso es lo que quería decir. Por eso, no tiene ningún sentido entristecerse o tener miedo.

3

Desde la ventana de la cafetería del hospital se veía un cielo cubierto por unos grises nubarrones bajos. Yo estaba sentado frente a la madre de Aki, un poco tenso. Sobre la mesa había dos tazas de café, ya medio frías.

—Quería hablarte de la enfermedad de Aki —dijo. Tras haber estado un rato charlando de cosas sin importancia, la madre de Aki abordó el tema con una cierta brusquedad—. Sakutarô, ¿has oído hablar alguna vez de la leucemia?

Asentí. Mi corazón empezó a latir con violencia. Me dio la sensación de que por mis venas corría alcohol helado.

—Entonces, ya debes de saber de qué tipo de enfermedad se trata —dijo tomando un sorbo de agua—. Quizá lo hayas comprendido ya, pero Aki tiene leucemia. Ahora está tomando unos medicamentos para destruir las células enfermas. Eso es lo que le provoca los vómitos y la caída del cabello.

La madre de Aki alzó el rostro como si espiara mi reacción. Yo asentí en silencio. Ella lanzó un hondo suspiro y prosiguió:

—Por lo visto, gracias a la medicación, ya han sido destruidas gran parte de las células malignas. El médico dice que Aki se encontrará mejor durante un tiempo y que incluso podrá dejar el hospital. Pero es imposible destruir todas las células malignas de una vez. Los medicamentos son muy fuertes y se tiene que repetir el mismo tratamiento muchas veces. Por lo visto se necesitan, como mínimo, dos años, a veces cinco.

—¿Cinco años? —solté, sin pensar. ¿Aquel sufrimiento tendría que durar cinco años más?

—Ya se lo he consultado al médico y, cuando Aki se encuentre mejor y pueda dejar temporalmente el hospital, querría llevarla a Australia. Se perdió el viaje escolar, con la ilusión que le hacía ir. Y cuando rebrote la enfermedad, tendrá que volver al hospital y concentrar todas sus energías en el tratamiento. Así que me gustaría llevármela antes a Australia.

Ella se interrumpió y me miró.

—Sakutarô, ¿te gustaría venir con nosotros? Sé que Aki se alegraría mucho de que vinieras. Claro que, si aceptas, tendré que pedírselo también a tus padres.

—Iré —dije sin vacilar.

—¡Qué bien! —dijo la madre con alivio—. Gracias. Estoy segura de que Aki estará muy contenta. Por cierto, no le digas qué enfermedad tiene. El médico opina que, de momento, lo mejor es que siga creyendo que es anemia aplástica. Evidentemente, llegará un día en que tendrá que saberlo. Tratándose de una enfermedad con un tratamiento tan largo. Pero creo que es mejor esperar a ver cómo van las cosas antes de decírselo.

Con el ordenador de la biblioteca, busqué libros que hablaran sobre la leucemia y me leí, de cabo a rabo, todo lo que ponían. Leyeras el libro que leyeses, su información coincidía con lo experimentado por Aki aquel último mes, tanto respecto al curso de la enfermedad como al tratamiento. Por lo visto, los efectos secundarios que habían ido apareciendo, uno tras otro, se debían a la medicación contra la leucemia. Al atacar las células malignas, destruía también los glóbulos blancos buenos, por lo cual el enfermo era muy vulnerable al contagio de microbios y hongos. No me fue difícil imaginar por qué me habían enseñado la técnica de la bata. En uno de los libros ponía que actualmente, en el setenta por ciento de casos de leucemia, se producía un restablecimiento temporal y que, entre éstos, había casos en los que se lograba la curación total. ¿Quería eso decir que, aún hoy en día, era raro que alguien se curara por completo?

A la vuelta del colegio, al levantar los ojos al cielo, vi unas nubes blancas que brillaban bañadas por el sol de invierno. Parado en medio de la calle, me quedé largo tiempo contemplándolas. Me acordé de los cúmulos que había visto cuando habíamos ido los dos a la isla durante las vacaciones de verano. La piel blanca de Aki, su cuerpo sano, todo había sido apartado hacia el pasado. Fui incapaz de pensar durante un rato. El timbrazo de una bicicleta a mis espaldas me devolvió a la realidad. Cuando volví a alzar los ojos al cielo, debido a la luz cambiante del sol, las sombras de las nubes se habían hecho más profundas. ¡De qué manera tan veloz, tan trágica, transcurría el tiempo! La felicidad era como aquellas nubes que cambiaban de apariencia a cada instante. Brillaban doradas, o se teñían de gris, sin permanecer más que un momento en el mismo estado. Las horas más radiantes pasan de largo veloces, como un capricho o como una broma.

Me acostumbré a rezar para mis adentros antes de ir a la cama. Ya no me preguntaba si Dios existía o no. Necesitaba algo parecido a Dios como receptor de mis plegarias. Claro que, a aquello, más que plegaria, tal vez debería llamarlo trato. Yo quería negociar con un ser poderoso que trascendiera a la inteligencia humana. Si Aki se curaba, yo me ofrecía en su lugar. Mi preocupación por Aki era tan grande que yo había dejado de importarme. Del mismo modo que la luz del sol oculta otras estrellas.

Aunque todas las noches me dormía pensando en ello, rezando, por las mañanas me despertaba sano, y la que seguía padeciendo a causa de la enfermedad era Aki. Yo también sufría, pero mi dolor no era más que un vano intento de experimentar el suyo.

4

Su estado mejoraba, volvía a empeorar, y vuelta a empezar. De forma paralela, ella se animaba y deprimía, una vez tras otra. Había días en que charlaba por los codos, llena de alegría; en otros, visiblemente abatida, le dijera lo que le dijese, a duras penas lograba arrancarle una respuesta. En estos días, yo sentía que Aki ya no me necesitaba, y permanecer en la habitación se convertía en un penoso deber.

Recordando lo que había leído en los libros, me pregunté si Aki no estaría reaccionando de manera negativa a la medicación contra la leucemia. Si el tratamiento no surtía efecto, a menos que se efectuara un trasplante de médula ósea, las posibilidades de curación eran nulas.

Cuando Aki se encontraba mejor, hablábamos de Australia mientras hojeábamos algunas guías turísticas, pero ninguno de los dos acabábamos de creernos que pudiéramos ir algún día. Tampoco la madre de Aki había vuelto a hablarme del viaje.

—Con lo horrible que es el tratamiento, la enfermedad debe de ser mala, seguro —dijo Aki, en la cama, con los ojos cerrados y expresión de dolor.

—Aunque la enfermedad fuese mala, si te hacen seguir un tratamiento tan duro es sólo porque piensan que vas a curarte —dije haciendo lo imposible por dar un enfoque positivo a la realidad que ella estaba afrontando—. Si no hubiese perspectivas de curación, no te harían sufrir tanto.

Ella ignoró mi razonamiento y prosiguió, quejosa:

—A veces me entran ganas de escaparme del hospital —dijo—. Todos los días tengo un miedo horroroso de hartarme del tratamiento, de no querer seguirlo más.

—Estoy contigo.

—Mientras tú estás aquí, todo va bien. Pero una vez que te has ido a casa, después de cenar, cuando se acerca la hora de apagar las luces, me entra un pánico terrible, no sé, como si no pudiera seguir más aquí.

Debido a una fiebre muy alta, estuve unos días sin que me dejaran verla. Por lo visto, Aki había cogido una infección debido a la disminución del número de glóbulos blancos en la sangre. Le habían suministrado antibióticos, pero la fiebre no bajaba. Empecé a albergar dudas sobre la eficacia del tratamiento que recibía en el hospital. Según había dicho la madre de Aki, gracias a la medicación contra la leucemia la enfermedad solía remitir por un tiempo. Había planes de llevarla a Australia en cuanto esto sucediera. Sin embargo, el hecho de que, por más días que pasasen, no hablaran de darle el alta significaba que no habían conseguido controlar la enfermedad. ¿Tan terrible era? ¿O es que el tratamiento fijado por los médicos no era el correcto? En cualquiera de los casos, si las cosas no cambiaban, el cuerpo de Aki iba a ser el que sucumbiera primero.

—Quizá ya no tenga remedio —dijo Aki. Cuando al fin logré verla tenía los labios rojos como resultado de la fiebre.

—No es verdad.

—Ya me estoy haciendo a la idea.

—¡No puedes acobardarte de ese modo!

Inconscientemente, le hablé con dureza.

—Hasta tú me riñes, Saku-chan —dijo ella bajando los ojos con aire desamparado.

—Nadie te está riñendo —dije. Luego, al volver a pensar sobre ello, le pregunté—: ¿Te riñe alguien?

—Todo el mundo —dijo—. Que si tengo que esforzarme más, que si tengo que comer para coger fuerzas. Y cuando les digo que no puedo comer porque tengo unas náuseas muy fuertes, van y me dicen que me tome la medicina para las náuseas. ¡Pero si con esas arcadas ni siquiera puedo tomármela!

Por entonces, Aki ya parecía saber lo que tenía. Ese tipo de cosas uno acaba comprendiéndolas, antes o después.

—¿Sabes? Aún no me imagino que me vaya a morir. Pero la verdad es que ya tengo la muerte delante de los ojos.

—¿Por qué piensas de una manera tan negativa? —le pregunté en tono de lamento.

—Esta mañana me han dado los resultados del análisis de sangre —dijo ella como si intentara demostrarme que su pesimismo era fundado—. Dicen que aún quedan células malignas y que van a combatirlas con la medicación. Y eso de las células malignas no puede ser más que leucemia.

—¿Se lo has preguntado al médico?

—Es que me da mucho miedo.

Luego prosiguió con voz de estar sumida en profundas reflexiones.

—Por lo visto, las medicinas que he tomado hasta ahora no han conseguido matar todas las células. Y, para acabar con las que quedan, hace falta un medicamento más fuerte. Pero la verdad es que no creo que pueda soportarlo. De seguir así, las medicinas acabarán conmigo antes que la enfermedad.

—No se trata de que la medicina sea fuerte o floja, sino de que sea la apropiada. Que el médico te haya dicho que van a cambiarte la medicación no quiere decir que los efectos secundarios vayan a ser más fuertes.

—Ya.

Aki se quedó reflexionando unos instantes y suspiró como si no hubiese llegado a ninguna conclusión.

—Ayer aún tenía esperanzas. Pensaba que, a lo mejor, podría curarme. Pero ahora tengo la sensación de que ni siquiera voy a llegar a mañana.

Al salir del hospital, de vuelta a casa, el presentimiento de que podía perder a Aki se extendió por el interior de mi cabeza como una mancha de tinta negra. De pronto, sentí el impulso de marcharme a alguna parte. Lejos, a algún lugar donde pudiera olvidarlo todo. El camino que, pocos meses atrás, solía recorrer con ella, ahora lo estaba recorriendo solo. Y la premonición de que jamás volveríamos a recorrerlo juntos la sentí como una certeza innegable.

Tal como era de esperar, la nueva medicación le provocó a Aki unos efectos secundarios muy fuertes. Cuando finalmente le remitieron las náuseas, siguió sin poder comer, ahora a causa de una estomatitis. Y tuvo que recurrir de nuevo a la instilación para alimentarse.

—Ya estoy harta —musitó, como si hablara consigo misma.

—¿De qué?

—De preocuparme. He decidido aprender de los aborígenes australianos. Si todas las cosas tienen una razón, seguro que también la tiene que yo esté enferma.

—Uno se pone enfermo para vencer la enfermedad y hacerse más fuerte.

—Ya basta —ella cerró los ojos y repitió—: Estoy harta. Del dolor, de no parar de pensar en la enfermedad. Me gustaría irme contigo a un país donde no existiera la enfermedad.

Hablaba de deseos con una voz donde no se apreciaba ni un ápice de deseo.

—Al final de todo, nos iremos tú y yo —dije.

Aki abrió los ojos y me miró con aire interrogativo. Sus ojos me preguntaban: «¿Adónde?». Ni yo mismo lo sabía. Me había limitado a expresar en voz alta los deseos que sentía de huir de la realidad. Sin embargo, en cuanto hube traducido estos deseos en palabras, me sentí atrapado por ellas. Sentí que aquellas palabras que se habían deslizado, sin más, de mis labios, me mostraban el futuro camino a seguir.

—Te prometo que te sacaré de aquí —repetí—. Cuando ya no quede ninguna esperanza, lo haré.

—¿Y cómo? —preguntó Aki con voz ronca.

—Ya pensaré la manera. Yo no voy a hacer como mi abuelo.

—¿Tu abuelo?

—Sí. Yo no acabaré pidiéndole a mi nieto que robe tus cenizas.

En sus pupilas se reflejaba la sombra de la duda. Para borrarla, decidí concretar un poco más:

—Iremos a Australia —dije—. No dejaré que te mueras sola en un lugar como éste.

Ella bajó la mirada y pareció reflexionar. Luego alzó la cabeza, me miró fijamente a los ojos y asintió con un pequeño movimiento de cabeza.

5

Aki se iba debilitando día a día. Había perdido casi todo el cabello. Tenía el cuerpo entero cubierto por pequeñas equimosis lívidas. Las manos y los pies se le habían abotargado. No había tiempo que perder. Empecé a pensar, en serio, en cómo llevármela a Australia. Reuní información, estudié diferentes opciones. Por suerte, los pasaportes y los visados que nos habíamos sacado para el viaje escolar seguían siendo válidos. Al principio pensé en un viaje organizado con un guía de la zona. Eso es lo que me pareció más seguro. Pero los trámites eran muy complicados y no era posible salir de inmediato. Además, los menores de veinte años necesitaban presentar la autorización de algún tutor.

El asunto de los billetes también me causó grandes quebraderos de cabeza. Viajando con un enfermo grave, una tarifa barata era demasiado arriesgada. Y el precio de un billete normal ascendía a cuatrocientos mil yenes por persona. También era problemático fijar el día de salida. No hace falta decir que no podía dirigirme al médico de cabecera y preguntárselo. Y tampoco podía predecir cómo se encontraría Aki durante la próxima semana, o la siguiente.

—Quiero salir lo antes posible —dijo Aki—. En cuanto deje las inyecciones y el gota a gota, se me irán las náuseas. Pero cada día estaré más débil. Quiero irme mientras aún me queden fuerzas.

Después de contrastar varias opciones, decidí que la más viable era una oferta de las líneas aéreas australianas. Salía por ciento ochenta mil yenes por persona. Y, pagando una pequeña comisión, podías cancelar el viaje hasta el último momento. Dado el estado de salud de Aki, era imposible fijar con exactitud la fecha de partida. Y, en el caso de que tuviésemos que cancelar el viaje de improviso, nos reembolsarían el importe del billete. Así podríamos intentarlo en otra ocasión. Además, se podía consultar por internet si había plazas libres, con lo cual sabías de inmediato si podías reservar.

Obviamente, el mayor problema era el dinero. Al reservar los billetes, tenía que adquirirlos. Yo sólo tenía ahorrados unos cien mil yenes, una cantidad a todas luces insuficiente. ¿Cómo podía conseguir el resto? Y, además, de un día para otro. Sólo se me ocurrió una manera.

—¿Quinientos mil yenes? —me preguntó mi abuelo abriendo unos ojos como platos.

—Por favor. Te los devolveré con lo que gane.

—Pero ¿para qué necesitas tanto dinero?

—No me lo preguntes, por favor. Déjame el dinero.

—Eso no puede ser.

Mi abuelo llenó dos copas de burdeos y me alargó una. Luego, con tono de complicidad, me dijo:

—Oye, Sakutarô, tú conoces mi secreto. Te he pedido que cumplas mi última voluntad. Y tú, ahora, no quieres contarme el tuyo.

—Lo siento, pero no puedo decirte nada más.

—¿Por qué?

—La mujer que querías ya está muerta. Y se puede revelar un secreto sobre una persona que ya ha muerto. Pero no sobre una que está viva.

—Vamos, que se trata de un asunto de faldas.

—¡No es ningún asunto de faldas!

En cuanto hube pronunciado estas palabras, se rompió el dique de contención que había estado aguantando durante tanto tiempo y mis emociones se desbordaron. De pronto, empecé a sollozar mientras mi abuelo me miraba atónito. Lloré durante largo tiempo.

133

Cuando logré parar, bebí un trago de vino. Mi abuelo no me preguntó nada más. Continué bebiendo vino en silencio.

En un momento dado, me quedé dormido sobre el sofá. Al abrir los ojos, me encontré cubierto con una manta. Ya eran las once de la noche.

—Ha llamado tu madre —me dijo mi abuelo alzando los ojos del libro que estaba leyendo—. Estaba muy preocupada. ¿Te quedas a dormir esta noche?

—No, me voy a casa —respondí atontado—. Mañana tengo que ir a clase.

Mi abuelo se me quedó mirando con aire meditabundo. Luego se levantó, se dirigió a su habitación, volvió con una cartilla de ahorros y la depositó sobre la mesa.

—La contraseña es Nochebuena.

—¿Mi cumpleaños?

—La verdad es que pensaba dártela después de que entraras en la universidad. Pero todas las cosas tienen su momento. No sé qué piensas hacer, Sakutarô. Tú no me lo quieres decir y yo lo acepto. Sólo quiero preguntarte una cosa. Si no lo haces ahora, ¿crees que vas a arrepentirte?

Afirmé con un movimiento de cabeza, sin decir nada.

—Entonces, de acuerdo —dijo mi abuelo con resolución—. Cógela. Creo que hay un millón de yenes.

—¿Puedo?

—No hagas ninguna insensatez —dijo mi abuelo—. Piensa que no estás solo.

Seguí reuniendo información sobre Australia. Leí guías, pregunté en agencias de viajes, envié fax a centros turísticos. Esperé a que estuviéramos a solas y le expliqué mis planes a Aki.

—Tengo billetes para el diecisiete de diciembre —le dije.

—¿El día de mi cumpleaños?

—Sí. He pensado que nos daría buena suerte.

Ella sonrió y musitó con voz débil:

—Gracias.

—Volamos de noche —proseguí—. Tenemos que largarnos del hospital al anochecer. A la hora de la cena es el momento ideal. A esa hora, no creo que te sea difícil escaparte. Y luego cogeremos un taxi, iremos corriendo a la estación y ¡libres!

Aki cerró los ojos y pareció estar representándoselo todo dentro de su cabeza.

—Pasaremos la noche en el avión y llegaremos a Cairns por la mañana temprano. Descansaremos un poco y, después, cogeremos un vuelo nacional hacia Ayers Rock. Allí hay albergues y no nos saldrá muy caro. Y si no quieres volver, podemos quedarnos allí hasta que tú digas.

—¡Oh! Ahora parece que podemos ir de verdad —dijo Aki abriendo los ojos.

—Es que vamos a ir. Te prometí que te llevaría, ¿no?

Saqué dinero de la cartilla que me había dejado mi abuelo y compré los billetes en una agencia. También suscribí un seguro de viaje. Lo que me costó más de lo que esperaba fue conseguir dólares australianos. Pocos bancos los tenían. Seguro que en el

Australia-New Zealand Bank los hubiera conseguido con facilidad pero, desgraciadamente, en el lugar donde yo vivía no había ninguna sucursal. No me quedó más remedio que ir llamando, uno tras otro, a todos los bancos de la ciudad hasta dar con uno que tratara con dólares australianos, y fue allí donde adquirí los cheques de viaje.

Por último, me quedaba una importante cuestión por resolver. Y era cómo conseguir el pasaporte de Aki.

—No podemos pedírselo a tu familia. Imposible, vamos.

—Si tuviese un hermano o una hermana, podría pedírselo a ellos.

Al igual que yo, Aki era hija única. El pasaporte estaba dentro del cajón de su escritorio. Apenas lo tocaba, así que debía de encontrarse allí con toda seguridad. Yo había estado en su casa en varias ocasiones. Sólo con que pudiera introducirme dentro, no me costaría nada dar con él. Al principio contemplé la posibilidad de entrar de una manera legal, pero no se me ocurrió ningún pretexto para ir a visitarlos.

—Tendré que robarlo —dije.

—Sí. No queda más remedio.

—El problema es cómo penetrar en tu casa.

—Espera. Voy a hacerte un plano.

Me dibujó un esquema de la planta de la casa en un cuaderno y me dio una serie de instrucciones para perpetrar el robo.

—Me da la sensación de que últimamente no paro de hacer gamberradas —dije recordando mis andanzas de los últimos tiempos.

—Lo siento —repuso ella con pesar.

—Quiero volver pronto a ser un chico decente.

Al día siguiente, después de visitar a Aki, estuve esperando en la cafetería de enfrente del hospital a que sus padres aparecieran por allí después del trabajo. Como la cafetería estaba en una primera planta que daba a la calle, sentado junto a la ventana podía ver sin dificultad el aparcamiento del hospital. Conocía el coche y no podía pasárseme por alto. Llevaba acechando alrededor de una hora cuando el coche cruzó la entrada principal y entró en el aparcamiento. Faltaba poco para las siete de la tarde. Tras comprobar que habían descendido del vehículo, salí de la cafetería.

Monté en bicicleta y me dirigí a toda prisa a casa de Aki. Vivía en una antigua casa de madera de la época de sus abuelos donde, después de bajar una escalera de peldaños rechinantes que nacía tras el biombo del recibidor, te encontrabas con su habitación, frente al estanque. Entrando por la fachada principal, parecía estar en el subterráneo, pero, al mirarla desde el jardín, estaba en la planta baja. Debido a los desniveles del terreno, la casa tenía una estructura un tanto complicada y sucedían esas cosas. La ruta de acceso que había ideado Aki contemplaba penetrar en el jardín por el seto de detrás de la casa y forzar la puerta de un cobertizo que había al lado del estanque. Dentro del cobertizo, oculta tras una cómoda, estaba la entrada a un pasadizo. Sólo tenía que apartar la cómoda y seguirlo para desembocar en el interior de un trastero del edificio principal. Y este trastero estaba justo detrás de la habitación de Aki.

Las bisagras de la puerta del cobertizo estaban flojas y me fue muy fácil forzar la puerta. Moví la vieja cómoda como pude. Avancé sorteando los obstáculos, tal como me había enseñado Aki, y pronto me encontré ante una familiar puerta corrediza de papel. La puerta de su habitación. La abrí con cuidado. El cuarto estaba sumido en la oscuridad y, junto con un ligero tufillo a moho, me llegó un olor de dulce recuerdo. Encendí la linterna y registré el escritorio. Enseguida encontré el pasaporte. Al cerrar el cajón, mis ojos se posaron en una pequeña piedra que había sobre la mesa. La apreté entre mis dedos hasta que la palma de mi mano se acostumbró a su frío tacto. ¿Hacía Aki a veces aquel mismo gesto?

Al entreabrir las cortinas, emergió el estanque en la oscuridad de la noche. Estaba iluminado por la luz de un fluorescente, había muchas carpas de colores nadando en su interior. Yo había estado con Aki, de pie ante esa ventana, contemplando el estanque. Habíamos estado mirando sin decir nada cómo las carpas nadaban pausadamente. Tras cerrar la ventana, recorrí de nuevo la habitación con la mirada. En el lado opuesto estaba el armario. Aki me había dicho que en el primer cajón se encontraba su libreta del banco. Todo el dinero que ella había ahorrado para el viaje escolar debía de permanecer allí, intacto. Sin embargo, en vez de éste, abrí otro cajón. Dentro aparecieron las blusas y camisetas de Aki, dobladas con esmero. Cogí una. Al acercarla a mi rostro, percibí, mezclado con el del jabón, el tenue olor de Aki.

El tiempo había pasado. Me dije que tenía que irme, pero mi cuerpo era incapaz de moverse. Quería permanecer allí para siempre. Tomando en mi mano, uno tras otro, todos los objetos que había en la habitación, acercándomelos a la mejilla, oliendo su fragancia. El débil aroma de Aki que permanecía en ellos removió los rescoldos del tiempo. Por un instante, me encontré atrapado dentro de un remolino de radiante alegría. Un dulce gozo capaz de hacer vibrar cada uno de los pliegues de un pequeño corazón. Experimenté de nuevo la alegría de la primera vez que unimos nuestros labios, el gozo de la primera vez que nos abrazamos. Sin embargo, un instante después, aquel remolino brillante fue absorbido sin un sonido por el negro abismo y yo me quedé inmóvil, lleno de desconcierto, en medio del cuarto oscuro con una prenda de Aki en la mano. Había perdido la noción del tiempo. Tuve la alucinación de que ya había perdido a Aki y de que, en aquellos momentos, estaba en la habitación mirando lo que ella había dejado tras de sí. Era una ilusión muy extraña, terriblemente vívida. Como si estuviera recordando el futuro. Sentía que ya había presenciado aquel cuadro con anterioridad. Para ahuyentar el olor de Aki, que había penetrado en el interior de cada una de mis células, finalmente salí de la habitación.

Le dije a Aki que había logrado hacerme con su pasaporte.

—Ahora sólo nos queda marcharnos —dijo ella con calma.

—Ya lo tengo casi todo listo. Sólo me falta comprar algunas cosas, hacer el equipaje y ¡ya está!

—Te he causado muchas molestias, Saku-chan.

—No digas cosas raras.

—A veces, pienso cosas raras —prosiguió Aki, sumida en sus reflexiones—. Como que no estoy enferma de verdad. Sí, ya sé que lo estoy, pero ¿sabes? Incluso cuando duermo, pienso en ti y, como me da la impresión de que estamos juntos, pues no me parece que esté enferma.

Me tragué el nudo que se me hizo en la garganta.

—Y mira que el otro día decías que no podías comer y no parabas de lamentarte.

—Es verdad —dijo ella con una risita—. Ahora me siento muy rara. Tengo la cabeza llena de la enfermedad, pero soy incapaz de pensar en ella de una manera normal. Tengo muchas ganas de huir y, sin embargo, ya no sé de lo que estoy huyendo.

—No vamos a huir, nos vamos a ir.

—Sí —asintió ella, y cerró los ojos—. Últimamente sueño mucho contigo, ¿sabes? ¿Tú también sueñas conmigo?

—Te tengo delante todos los días, no me hace ninguna falta soñar contigo.

Aki abrió los ojos en silencio. No había en ellos sombra de miedo o inquietud. Sólo rebosaban paz, como las aguas de un lago oculto en las profundidades de un espeso bosque. Y, con idéntica serenidad, me preguntó:

—¿Y si dejaras de tenerme delante?

No respondí. No podía. Esta posibilidad estaba fuera de los límites de mi imaginación.

6

La cena es a las seis de la tarde y las visitas deben abandonar el hospital antes de esta hora. Poco antes de las seis, dejan los carritos de la comida en los pasillos. Los pacientes cogen una bandeja y cenan en su habitación. Hay quienes se sirven té, en tazas o termos, de la tetera de la sala de estar. Aki va a aprovechar la confusión del momento para huir.

Después de visitar a Aki, salgo del hospital y la espero en el primer piso de la cafetería de enfrente. Aki no tarda en cruzar el vestíbulo de la entrada principal, confundida con los visitantes que regresan a sus casas. Se ha echado una chaqueta sobre los hombros encima del pijama y, en la cabeza, lleva el gorrito de lana de siempre. Salgo de la cafetería y paro un taxi que pasa por allí en aquel preciso instante. Le doy la dirección al taxista, que nos mira con recelo.

—¿Ha ido bien?

—He fingido que iba a llamar por teléfono y me he ido.

—¿Y cómo te encuentras?

—No estoy en mi mejor momento, pero bien.

Había dejado el equipaje en las taquillas de la estación. Una maleta grande y dos más pequeñas para subir a bordo. También había una bolsa de papel con una muda para Aki. Como no me había cabido todo en una sola taquilla, lo había metido en dos. Al sacarlo, formaban un equipaje de un volumen considerable.

—Primero, quítate eso —dije mirando a Aki, todavía en pijama—. Aquí dentro tienes un poco de todo, cámbiate.

—¿Has cogido mi ropa, Saku-chan?

—Me llevé una blusa y una camiseta de tu habitación. También hay unos tejanos y una cazadora míos. Aunque quizá te vayan un poco grandes.

Poco después, Aki salió de los lavabos completamente vestida.

—No te queda mal —dije.

—Huele a ti, Saku-chan —dijo acercándose la manga de la cazadora a la nariz.

—Puede que tengas un poco de frío, ten paciencia hasta que subamos al tren. Piensa que en Australia están a principios de verano.

Ya había adquirido los billetes. Aun después de haberlos pasado por la máquina y de haber entrado en la zona de los andenes, me sentí terriblemente inquieto hasta que llegó el tren. Tenía la sensación de que los padres de Aki iban a aparecer, corriendo, de un momento a otro. Ya dentro del tren, cuando tomamos asiento en un par de plazas libres, me sentí como si hubiera realizado un trabajo ímprobo.

—Es como si estuviera soñando.

Saqué de la caja el pastel que le había comprado mientras esperaba a que saliera del hospital. Aunque pequeña, era una tarta decorada.

—¿Es para mí?

—También tengo las velas. La gorda vale por diez.

Deposité el pastel sobre sus rodillas y puse las velitas correspondientes a los diecisiete años. La más gruesa, en el centro. Las otras siete, a su alrededor.

—Ha quedado lleno de agujeros —dije.

Aki sonreía sin decir nada. Encendí las velitas con un mechero desechable. Al notar el olor, los pasajeros más próximos nos dirigieron una mirada de desconfianza.

—¡Feliz cumpleaños!

—Gracias.

La luz de las velas se reflejaba en la ventanilla negra.

—¡Va! Sopla.

Aki alzó el pastel hasta ponérselo a la altura de la cara, frunció los labios y sopló una vez, otra y otra, hasta que logró, finalmente, apagar las ocho velitas. Este simple esfuerzo parecía haberla agotado.

—No tenemos cuchillo. Tendremos que comérnoslo tal cual.

Le di una cuchara de plástico transparente. La que ella siempre usaba para comerse el flan. Yo me comí la mitad del pastel, empezando por la punta, Aki apenas pudo tragar el pequeño pedazo que se llevó a la boca.

—¡Qué raro!

—¿Qué?

—Que te llames Aki habiendo nacido el diecisiete de diciembre. Un poco por los pelos, ¿no crees?

Ella me miró como si no comprendiera lo que le estaba diciendo. Proseguí:

—Quiero decir que tendrías que llamarte Fuyuko o Fuyumi*.

—No me digas que piensas que mi nombre es el Aki de la estación del año.

Intercambiamos una mirada.

—¡Oh, no! —exclamó atónita—. No me digas que has estado equivocado durante todo este tiempo.

—¿Equivocado?

—Mi Aki viene de «hakuaki»[*] —me explicó ella—. Porque es la era geológica en la que surgieron un montón de animales y plantas nuevos. Como, por ejemplo, los dinosaurios o los helechos. Y a mí me pusieron Aki deseando que mi vida fuera tan próspera como la de ellos.

—¿Tan próspera como la de los dinosaurios?

—¿De verdad no lo sabías?

—Pensaba que era el Aki de primavera-verano-otoño-invierno.

—¿Nunca habías visto mi nombre escrito en la lista de la clase?

—La primera vez que te vi, pensé: «Otoño, ¡qué hambre!».

—Ya veo que estabas muy convencido —dijo ella riendo—. Pero no importa. Si es eso lo que pensabas, pues no pasa nada. Para nosotros seguirá siendo así. Me siento como si fuera otra persona, pero es igual.

Camino del aeropuerto, el tren se detuvo en varias ciudades. No había montado en tren junto a Aki desde mayo, cuando habíamos ido al zoológico. Aquel viaje había tenido un destino. Éste también lo tenía, cierto. Pero yo ignoraba si este lugar existía en la superficie de la Tierra o no.

—Acabo de darme cuenta de algo muy importante.

—¿Qué pasa ahora? —dijo ella, que había estado mirando por la ventanilla, volviéndose hacia mí con expresión de cansancio.

---

[*] Periodo cretácico. El «aki» de «hakuaki» (periodo cretácico) se escribe con caracteres diferentes al «aki» de «otoño». *(N. de la T.)*

—Tu cumpleaños es el diecisiete de diciembre.

—Y el tuyo es el veinticuatro de diciembre.

—Es decir que, desde que nací, no ha habido un solo segundo en que tú no hayas estado en este mundo.

—Sí, eso parece.

—Nací en un mundo en el que tú ya estabas.

Ella frunció las cejas con aire de apuro.

—A mí me es totalmente desconocido un mundo en el que tú no estés. Ni siquiera sé si existe o no.

—No te preocupes. Aunque yo desaparezca, el mundo seguirá existiendo.

—¿Y cómo lo sabes?

Miré hacia fuera. Estaba tan oscuro que no se veía nada. El pastel depositado en la mesita de los asientos se reflejaba en el negro cristal de la ventanilla.

—¿Saku-chan?

—No tenía que haber escrito aquella postal —dije, como si quisiera ahuyentar su voz—. Todo ha sido culpa mía. Yo hice caer la desgracia sobre ti.

—Me entristece que digas esas cosas.

—También yo estoy triste.

Volví a dirigir los ojos hacia la ventanilla negra. No se veía nada. Ni el pasado ni el presente... Sólo el pastel a medio comer como un sueño malogrado.

—Esperaba a que tú nacieras —dijo Aki, poco después, con voz reposada—. Te estaba esperando, sola, en un mundo en el que tú no estabas.

—Sólo una semana. ¿Y cuánto tiempo crees que tendré que vivir yo en un mundo sin ti?

—¿Crees que la duración del tiempo es un problema? —dijo ella en tono adulto—. El tiempo que he estado contigo ha sido corto, pero muy, muy feliz. Tan feliz que no podía serlo más. Seguro que he sido más feliz que nadie en este mundo. Incluso en estos momentos... Con eso basta. Una vez hablamos de eso, ¿te acuerdas? De que lo que hay, aquí y ahora, seguirá existiendo eternamente.

Lancé un hondo suspiro.

—Te conformas con muy poco, Aki —dije.

—No, qué va. Pido muchísimo —respondió—. Lo que pasa es que no quiero perder esa felicidad. Tengo la intención de llevármela conmigo, vaya a donde vaya, y para siempre.

La estación estaba lejos del aeropuerto. Había servicio de autobuses pero, como el tiempo apremiaba, cogimos un taxi. El vehículo circuló por una calle oscura tras otra. El aeropuerto estaba en un barrio apartado del centro, junto al mar. Los recuerdos que habíamos creado entre los dos parecían ir quedando atrás, sin más, al otro lado de la ventanilla. Corriendo hacia el futuro de esta forma, no podíamos encontrar una esperanza ante lo que todavía estaba por venir. Al contrario, cuanto más nos acercábamos al aeropuerto, mayor era mi desesperación. Ésta era lo único que aumentaba. ¿Adónde había ido a parar la alegría del pasado? ¿Por qué era ahora todo tan amargo? Tanto que me costaba creer que esa amargura pudiera ser real.

—Saku-chan, ¿tienes un pañuelo de papel? —preguntó Aki presionándose la nariz con la mano.

—¿Qué te pasa?

—Me sangra la nariz.

Rebusqué en mis bolsillos y saqué un paquete de pañuelos de papel, propaganda de una empresa de financiación, que me habían dado por la calle.

—¿Estás bien?

—Sí, seguro que parará enseguida.

Sin embargo, cuando nos apeamos del taxi, la hemorragia aún no se había detenido. El pañuelo había quedado reblandecido, totalmente empapado en sangre. Saqué una toalla de la maleta. Aki se sentó en un sofá del vestíbulo, presionándose la toalla contra la nariz.

—¿Nos volvemos? —le pregunté atemorizado—. Todavía estamos a tiempo de cancelar el viaje.

—Llévame —rogó Aki con voz débil, casi imperceptible.

—No tenemos por qué ir ahora a la fuerza. Aún podemos aplazar el viaje.

—Si no voy ahora, ya no podré ir nunca.

Estaba muy pálida. Me sentí terriblemente inquieto pensando en la posibilidad de que, si embarcábamos en aquellas circunstancias, su estado empeorara en pleno vuelo.

—Es mejor que nos quedemos.

—Por favor.

Aki me cogió la mano. La suya estaba abotargada, cubierta de manchas de equimosis de color púrpura. Las huellas de mis dedos habían quedado grabadas en su piel.

—De acuerdo. Entonces, me voy a facturar el equipaje. Espérame aquí sentada.

—Gracias.

Empecé a andar en dirección al mostrador de la compañía aérea. Me iría con ella, pasara lo que pasase. Ya no tenía miedo. Ningún futuro se abría ante nuestros ojos. Sólo el presente, extendiéndose hasta el infinito.

Y entonces oí un ruido a mis espaldas. Un golpe similar al que hace una maleta al caerse. Al volverme, vi a Aki en el suelo, a los pies del sofá.

—¡Aki!

Llegué corriendo. Ya había empezado a formarse un corro a su alrededor. Tenía la nariz y la boca teñidas del color rojo de la sangre. La llamé, pero no respondió. «Demasiado tarde», pensé. Demasiado tarde para todo. Para casarme con ella, para tener hijos juntos. Demasiado tarde, incluso, y por muy poco, para hacer realidad el último, humilde sueño que le quedaba.

—¡Ayúdenla! —dije dirigiéndome a quienes nos rodeaban—. ¡Por favor, ayúdenla!

Se acercó un encargado del aeropuerto. Por lo visto, alguien había llamado a una ambulancia. Pero ¿adónde pretendían llevarla? No había ningún lugar adonde pudiéramos ir. Nosotros permaneceríamos anclados allí eternamente.

—Por favor, ayúdenla.

Mi voz se fue apagando, poco a poco, hasta que, finalmente, me volví hacia Aki, inconsciente en el suelo, y continué susurrándole las mismas palabras. Yo no me dirigía a Aki, ni tampoco a quienes me rodeaban. Imploraba, una y otra vez, a un ente superior, el único que podía atender mis plegarias. «Ayúdala, por favor. Salva a Aki, por favor. Ayúdanos. Sácanos de aquí...» Pero mi voz no le llegó. Nosotros no fuimos a ninguna parte. Sólo la noche prosiguió su camino.

De madrugada, los padres de Aki, y también mi padre, llegaron al hospital adonde habían llevado a Aki. Su madre, cuando me vio, volvió la cara y empezó a sollozar. Mientras abrazaba a su esposa, el padre de Aki me miró por encima del hombro de ella y me dirigió un pequeño gesto de asentimiento. Los padres de Aki escucharon en el pasillo las explicaciones del doctor y, luego, entraron en la habitación. Mi padre, al tomar asiento en el sofá donde estaba yo sentado, posó su mano sobre mi hombro sin decir nada.

Transcurrió un tiempo opresivo. En un momento dado, mi padre me ofreció un vaso de cartón lleno de café.

—Está muy caliente —dijo.

Sin embargo, yo no podía notar el calor. Sostuve prudentemente el vaso en la mano hasta que el café se enfrió. Porque, si no, me hubiera abrasado la boca sin darme cuenta.

Media hora después, los padres de Aki salieron de la habitación. Su madre, presionándose el pañuelo contra los ojos, me dijo con voz lacrimosa:

—Ve con ella.

Siguiendo las indicaciones de la enfermera, me puse ropa aséptica, el gorro, los guantes. Aki estaba en una habitación aislada. Llevaba la aguja de la instilación en un brazo y la máscara de oxígeno. Cuando le tomé la mano libre, abrió los ojos en silencio. Estábamos solos en la habitación.

—Tenemos que despedirnos —dijo ella—. Pero no estés triste.

Sacudí la cabeza con desmayo.

—Dejando aparte que mi cuerpo ya no estará aquí, no hay por qué estar triste —prosiguió tras hacer una pausa—. Y sí, ¿sabes? Me da la sensación de que el paraíso sí existe. Empiezo a sentirme como si esto ya lo fuera.

—Vendré enseguida —logré decirle, al fin.

—Te espero —Aki esbozó una sonrisa fugaz—. No hace falta que te des prisa. Aunque no esté aquí, yo siempre estaré contigo.

—Ya lo sé.

—Encuéntrame otra vez, ¿vale?

—Te encontraré enseguida.

Su respiración se hizo dificultosa. Poco después logró acompasarla.

—Sí, vale —dijo—. Porque yo sé adónde voy.

—Tú no vas a ninguna parte.

—Ya lo sé —dijo cerrando los ojos en un gesto de asentimiento—. Eso es lo que quería decirte. Que ya lo sabía.

Aki pareció ir alejándose poco a poco. Su voz, la expresión de su rostro, la mano que yo tenía entre las mías.

—¿Te acuerdas de aquel día, en verano? —dijo ella como si fueran los rescoldos de unas brasas avivados por un soplo de aire—. En aquella barca pequeña, flotando en el mar...

—Lo recuerdo.

Aki iba a decir algo, pero las palabras no llegaron a salir de sus labios y yo no pude oírlas. «Se ha ido», pensé. «Se ha ido dejando sólo unos recuerdos como un muro de cristal que se yergue.»

El mar azulísimo del verano se extendía por el interior de mi cabeza, ocupándola por entero. Lo abarcaba todo. No faltaba nada. Lo tenía todo. Pero, sin embargo, cuando intentaba tocar su recuerdo, mi mano se teñía del color rojo de la sangre. Quería seguir flotando hasta la eternidad. Deseaba que Aki y yo, juntos, nos convirtiéramos en un destello de este mar.

8

Entre la niebla, surgió el pie del embarcadero. Se oía el rumor de las pequeñas olas lamiendo las piedras de la orilla. En la colina de atrás cantaban los pájaros silvestres. No de un solo tipo, sino de varios tipos juntos.

—¿Qué hora es? —me preguntó Aki desde la cama.

—Las siete y media —le respondí mirando el reloj—. Hay un poco de niebla, pero enseguida despejará. Parece que hoy volverá a hacer calor.

Bajamos con las bolsas a cuestas, nos lavamos la cara en la cisterna. Tomamos un sencillo desayuno compuesto de pan y zumo de frutas. Faltaban todavía tres horas para que Ôki viniera a buscarnos. Hasta que llegara, decidimos dar un paseo por la playa.

Gracias a la lluvia, la mañana era fresca para la estación del año. El camino que conducía a la playa estaba pavimentado de cemento. Se habían abierto grietas, aquí y allá, por donde asomaban unos hierbajos cortos. Éstos aún estaban mojados por la lluvia de la noche anterior. Vagamos por la orilla sin charlar apenas. Las telas de araña de las casetas de la playa estaban llenas de agua que brillaba suavemente al sol.

Mientras íbamos andando por la playa, Aki recogió una piedra pequeña.

—Mira, tiene cara de gato.

—¿A ver?

—Aquí están las orejas, esto es la boca.

—¡Anda, es verdad! ¿Te la llevarás?

—Sí, como recuerdo de haber venido aquí juntos.

Estábamos sentados en el embarcadero contemplando el mar cuando, a la hora fijada, llegó la barca de Ôki.

—¡Ostras! Lo siento, chicos. Pero es que mi madre se encontraba mal y... —fue lo primero que dijo sólo lanzar la amarra.

—Déjalo correr.

—¿Qué?

Ôki miró hacia Aki con recelo. Ella se ruborizó un poco y bajó los ojos.

—Vamos —dije yo.

En el cielo del este había aparecido un gigantesco cúmulo. Su parte superior, lisa y redonda, brillaba como una perla bañada por la luz del sol. Ôki manejaba el motor y el bote avanzaba a buen ritmo. A mano izquierda, se veían los baños. Y también la noria y la montaña rusa del parque de atracciones. La colina, lavada por la lluvia, lucía un brillante e intenso color verde bajo los rayos del sol del verano. Apenas había olas, el mar estaba en calma. En la superficie del agua flotaban muchas medusas. La barca avanzaba abriéndose paso entre la legión de medusas por la parte de proa.

—¿Oís eso? —preguntó Aki.

El bote estaba en el extremo norte de la isla. Una enorme roca se adentraba en el mar y, a su alrededor, asomaban unos peñascos negros y puntiagudos. Agucé el oído, pero no oí nada.

—¡Para el motor un momento! —le grité a Ôki.

—¿Qué? —repuso Ôki aflojando la válvula reguladora.

Cuando cesó la trepidación del motor, empezó a oírse un grave gemido. *¡Uuoo! ¡Uuoo! ¡Uuoo!*, ululaba, en el mismo tono, a intervalos regulares. Era un sonido lúgubre a más no poder, que yo jamás había oído antes.

—¿Qué será eso? —dijo Aki.

—Son las grutas —respondió Ôki—. Hay grutas en este extremo de la isla.

Ôki hizo girar la válvula reguladora y el bote arrancó. Sin embargo, pronto pudimos oír cómo empezaban a bajar las revoluciones del motor. Poco después, con un *¡puf!, ¡puf!, ¡puf!*, se detuvo por completo. Ôki tiró del cordón que salía del motor fuera borda e intentó que volviera a ponerse en marcha. Pero, por más que lo intentó, sólo logró arrancarle al motor un insípido *pr-r-r-r-r,* sin lograr ponerlo en marcha.

—Yo tiro del cordón y tú mantén las manos en el motor.

Plantado firmemente sobre mis pies en el fondo de la barca, tiré del cordón del fuera borda. Tras repetirlo unas cuantas veces, el motor hizo un *purrun-run-run...* y pareció que, finalmente, iba a ponerse en marcha. Pero cuando Ôki hizo girar la válvula reguladora para aumentar las revoluciones, el motor hizo *purrun-run... run... run...* y volvió a pararse.

153

—Nada, imposible —dijo Ôki.

—Lo siento. Ha sido porque he dicho una tontería.

—No es culpa tuya, Hirose.

—¡Claro! Podemos pedir ayuda por radio —dije yo.

—Esta barca nunca ha tenido radio —dijo Ôki con brusquedad.

La barca iba a la deriva, arrastrada poco a poco por la corriente. Yumejima aparecía, ahora, muy pequeña en la distancia. Ôki y yo cogimos un destornillador de la caja de herramientas y sacamos la tapa del motor fuera borda, pero no pudimos descubrir dónde estaba la avería.

—Pues no parece que le pase nada —dijo Ôki ladeando la cabeza.

—¿No se habrá quedado sin combustible?

—No, todavía hay.

—¿Y qué vamos a hacer ahora? —dijo Aki con cara de susto.

—Seguro que pronto pasará alguna barca por aquí —dijo Ôki para tranquilizarla.

Pasado mediodía, llovió. Alzamos nuestros rostros al cielo para que los bañara la lluvia. Pronto dejó de llover y volvió a brillar el sol. No se veía ninguna isla en la dirección en la que íbamos.

—Así mirado, el mar parece redondo —dijo Aki mirando, con la barbilla apoyada en un costado de la barca y los ojos entrecerrados, la línea del horizonte del amplio mar.

—¡Pues claro! Como que la Tierra es redonda —dije yo.

—Es redonda, pero se dice «horizonte». ¡Qué raro!, ¿no?

—¡Y tanto!

—Seguro que el nombre proviene de la época en que la gente creía que la Tierra era plana como una bandeja y que las aguas de los océanos iban cayendo por sus extremos como si fueran una cascada.

Por unos instantes, nos quedamos mirando el horizonte cegador.

Poco después, Ôki gritó: «¡Un barco!». Al volvernos, vimos una barca de pesca que se acercaba. Nos pusimos en pie y empezamos a agitar con fuerza los brazos en su dirección. La barca siguió aproximándose mientras aminoraba la velocidad. Llegó hasta unos cinco metros de distancia.

—¿Eres tú, Ryûnosuke? —le preguntó a Ôki un pescador de edad.

—¿Es un conocido? —pregunté en voz baja.

—Un vecino. El señor Hotta.

Ôki le explicó al patrón de la barca lo que había ocurrido. Luego ató a la proa de nuestro bote la cuerda que el señor Hotta le lanzó. A remolque de la barca de pesca, nuestro bote empezó a avanzar.

—¡Salvados! —dijo Ôki con alivio.

—¡Mira! —exclamó Aki.

Al mirar hacia donde ella señalaba, vi un gran arco iris en la linde entre los nubarrones y el cielo azul. Sus colores perdían intensidad y se difuminaban en la parte inferior, y no lograba formar un arco perfecto. Permanecí unos instantes con los ojos clavados en aquel arco iris. Contemplándolo, me di cuenta de que todos los colores se dividían en sutiles tonalidades y de que, entre el rojo y el amarillo, y en-

tre el azul y el verde, se mezclaban infinitas gradaciones de color. Las ágiles uñas del viento habían ras-
pado aquellas gradaciones, como si fueran la piel de
una espalda tostada a finales del verano, y la luz del
sol las había disuelto en el aire. Y el cielo brillaba
como si hubieran esparcido por él incontables peda-
citos de cristal.

Capítulo IV

1

El funeral de Aki se celebró un día frío de finales de diciembre. Desde la mañana temprano, unos nubarrones grises y bajos cubrieron el cielo y el sol no asomó ni un instante. A la ceremonia acudieron muchos profesores y alumnos del instituto. Me acordé de cuando había muerto la profesora de Aki, durante las Navidades de tercero de secundaria. En aquella ocasión, Aki había leído el discurso fúnebre. Hacía dos años exactos. Era incapaz de tener una conciencia clara de lo que representaban aquellos dos años. No me parecían ni largos ni cortos. Había perdido la noción del tiempo.

Mientras un representante de los alumnos leía el discurso fúnebre, empezó a granizar con gran violencia. Por un momento se levantó un murmullo dentro del recinto, pero el discurso fue leído hasta el final. Casi todas las chicas lloraban. Poco después empezó la ofrenda del incienso. Conforme a los preceptos, quemé el incienso y uní las palmas de las manos frente al altar. Al levantar la mirada, me encontré con una fotografía de Aki ante los ojos. Aki aparecía en ella como una intachable, hermosa jovencita. Aquella Aki no se parecía en nada a la Aki real. Al menos, a la Aki que yo tan bien conocía.

La mayor parte de los asistentes al funeral despidieron el cortejo fúnebre en la entrada del templo, pero a mí me permitieron seguirlo hasta el crematorio. Monté, junto con los familiares de Aki, en un microbús de la empresa funeraria y marchamos a muy poca velocidad detrás del coche fúnebre, que iba en cabeza. De vez en cuando caía aguanieve, y siempre que esto ocurría el conductor ponía en marcha el limpiaparabrisas. El crematorio estaba entre las montañas, en una zona apartada de la ciudad. El vehículo ascendió por un solitario sendero de montaña flanqueado por cedros. Pasamos por delante de un lugar donde se apilaban un montón de carrocerías de coches desguazados. También dejamos atrás una granja de pollos. Pensé vagamente en Aki, a quien llevaban a un paraje tan desolado como aquél para quemarla y convertirla en cenizas.

Sólo recordaba la Aki de cuando estaba bien. En otoño del primer año de instituto, cuando, un atardecer, la acompañé hasta su casa. El pelo le caía sobre los hombros, haciendo resaltar la blancura de la blusa. Recordaba nuestras dos sombras proyectándose sobre el muro de cemento. Y aquel otro día, en verano. La recordaba flotando boca arriba, a mi lado, en el mar. Sus párpados cerrados con fuerza al sol, la cabellera desparramándose por la superficie del agua, la pálida piel de su garganta brillando al sol por efecto del agua... Al pensar que este cuerpo iba a ser quemado y convertido en ceniza, sentí un desasosiego atroz. Abrí la ventanilla del microbús y expuse mi rostro al aire frío. Algo que no llegaba a ser nieve, pero que tampoco era lluvia, me azotó la cara y se fundió. Por ella hubiese querido hacer eso. Por ella hubiese querido hacer aquello. Sólo acudían a mi mente, uno tras otro, pensamientos de este tipo, y después se iban borrando como el aguanieve que me azotaba la cara.

Mientras se incineraba el cadáver, sirvieron sake a los adultos. Di una vuelta, yo solo, por los alrededores del edificio. La pendiente de la montaña llegaba hasta allí. Crecían en ella unos hierbajos de color marrón. Encontré una especie de basurero donde habían arrojado unas cenizas negruzcas. En los alrededores reinaba un silencio profundo y no se oían voces, ni tampoco el canto de los pájaros. Al aguzar el oído, percibí, apagado, el zumbido del horno donde estaban incinerando a Aki. Alcé sobresaltado los ojos al cielo. Allí se erguía una chimenea de ladrillo rojo y, por su boca cuadrada, tiznada de negro, se alzaba una columna de humo.

Era una sensación extraña. Ver cómo asciende en silencio hacia el cielo el humo del cuerpo quemado de la persona que más quieres en el mundo. Permanecí largo tiempo inmóvil en aquel lugar, siguiendo con la mirada los avatares de la columna de humo. El humo siguió alzándose hacia el cielo, a veces negro, después blanco. Y cuando los últimos jirones se fundieron con las nubes grises y el humo dejó de verse, sentí un terrible vacío en mi corazón.

Empezó un nuevo año, y el año que yo había vivido junto a Aki fue arrancado junto con la última hoja del calendario viejo. Pasé la primera semana del año viendo la televisión en la sala de estar. Apenas salí. Ni siquiera visité el santuario sintoísta el día de Año Nuevo. En la televisión, los artistas, con sus mejores galas, cantaban y bromeaban. No conocía ni sus caras ni sus nombres. Y, a pesar de que era un televisor en color, en la pantalla no aparecía color alguno. Veía como una amorfa masa blanca y negra a aquella legión de famosos que hablaban animadamente o se reían a carcajadas. Y, junto con su silencio bullicioso, pronto acababan fundiéndose en un paisaje desconocido.

Vivir la vida cotidiana, día tras día, era un suicidio del alma y una resurrección perpetuas. Cada noche, antes de dormir, deseaba no volver a despertarme. Al menos, no volver a despertarme en un mundo sin Aki. Y, sin embargo, al llegar la mañana, abría los ojos en un mundo vacío, helado, donde ella no estaba. Y volvía a resucitar como un Cristo sin esperanza. Empezar un nuevo día, comer, hablar con la gente, abrir el paraguas cuando llovía, secarse la ropa mojada. Nada tenía sentido. Era como arrancarles unas notas disparatadas a las teclas de un piano que pulsas al buen tuntún.

Noche tras noche, tenía el mismo sueño. Aki y yo estábamos en un bote, flotábamos en un dulce mar en calma. Ella me hablaba del horizonte. «Seguro que el nombre viene de la época en que se creía que el mar era plano como una bandeja y que el agua iba cayendo por sus extremos como si fuera una cascada.» Yo replicaba: «Aunque existiera esa cascada, estaría tan lejos que sería imposible llegar en barca. Así que es como si no existiera». Apenas acababa de decir estas palabras cuando me daba la vuelta y veía cómo, a escasos metros, el mar se vaciaba en la nada e ingentes cantidades de agua eran absorbidas, con una furia salvaje, sin un sonido.

Empujando a Aki ante mí, yo me zambullía en el mar y empezaba a nadar en dirección opuesta a la cascada. El mar, que tan apacible había parecido desde la barca, fluía ahora con una energía indómita hacia la cascada. Nadábamos, debatiéndonos con fuerza, contra la corriente, agitando brazos y piernas. En cierto momento, sentía cómo la succión del agua se aflojaba y entonces comprendía que había logrado escapar al poder de la corriente. Sin embargo, al dirigir la vista a mi lado, descubría que Aki no estaba.

Entonces oía un grito. Al volverme, veía a Aki, a punto de ser engullida por la cascada. Zarandeado por la fuerte corriente, su cuerpo rodaba como una peonza. Llorando, Aki batía con ambas manos la superficie del agua. A sus espaldas, el mar iba despeñándose sin un sonido. El hecho de que la escena fuera completamente muda hacía que el mar pareciera aún más cruel. Yo empezaba a retroceder apresuradamente. Pero ya era demasiado tarde. Sabía que era demasiado tarde. «Siempre llego demasiado tarde», me decía yo mientras nadaba.

La voz de Aki me llegaba ahora desde lejos. Yo empezaba a gritar. La llamaba una vez tras otra. Pero las manos, la cara, el pelo de Aki esparcido por la superficie del agua, todo estaba siendo ya succionado por la corriente. Y sus ojos, que se abrían con terror y desesperación, desaparecían absorbidos junto con las aguas azules.

Al empezar el nuevo curso, el vacío que sentía en mi interior siguió inalterado. Los compañeros de clase no fueron ni una distracción ni un consuelo. Fingía disfrutar con sus conversaciones, pero no era así. Las palabras que yo pronunciaba estaban desprovistas de sentimiento. Me sentía vacío jugando con las palabras ante mis amigos. Ni siquiera reconocía aquella voz como mía. Su presencia empezó a representarme una molestia. Dejé de frecuentar los lugares con gente. Prefería estar solo. Perdí la sensación de coexistir con los demás. Me sentía como si estuviera completamente solo en el mundo.

Al llegar a casa, abría los libros de consulta y los cuadernos de preguntas y estudiaba. Podía permanecer concentrado en ellos horas y horas. Resolver difíciles cálculos infinitesimales y buscar en el diccionario palabras en inglés no me representaba el menor esfuerzo. Cualquier actividad mecánica desprovista de sentimiento me resultaba relativamente cómoda. Con todo, a veces me veía atacado por sorpresa. Como cuando, por ejemplo, en medio de un largo texto en inglés aparecía la expresión *rain cats and dogs*. Lo que me hacía recordar un día en que Aki y yo caminamos juntos bajo una lluvia torrencial. Sólo ella llevaba paraguas. Y ambos nos agazapamos debajo, hombro con hombro, y recorrimos el camino de siempre. Cuando llegamos a su casa, los dos estábamos empapados. Aki me trajo una toalla de baño, pero yo le dije que no valía la pena, que iba a seguir mojándome, tomé su paraguas y me dirigí a mi casa. Cada vez que acudían a mi mente recuerdos de este tipo, el corazón me escocía como si los rayos del sol del verano me abrasaran la piel.

Cada día parecía calcado del anterior. Dentro de mí, el tiempo no transcurría como una línea continua. Había perdido por completo el sentido de que algo proseguía, crecía y se formaba, el sentido de que las cosas cambiaban. Para mí, la vida era una simple sucesión de instantes. Sin futuro, sin perspectiva alguna abriéndose ante mí. Y el pasado estaba sembrado de recuerdos que, sólo tocarlos, me hacían sangrar. Los tocaba, vertiendo sangre. ¿Acabaría aquella sangre derramada coagulándose y formando una costra dura? ¿Llegaría, tal vez, un momento en que, al recordar lo que había vivido junto a Aki, dejara de sentir algo?

2

Poco después de Año Nuevo, estaba viendo la televisión en casa de mi abuelo cuando, en un programa de variedades, salió un escritor famoso y empezó a hablar del otro mundo. «El otro mundo existe», afirmó. «El hombre existe como una mezcla de conciencia y de cuerpo. Y, con la muerte, nos desprendemos de estas vestiduras llamadas cuerpo. Es entonces cuando la conciencia, de la misma manera que una mariposa se desprende de la crisálida, se alza del cuerpo muerto y se dirige al otro mundo. Y allí se encuentra con las personas amadas, ya difuntas. El otro mundo nos envía constantemente señales bajo diversas formas. Sin embargo, acostumbrados al pensamiento racionalista, los hombres no las percibimos. Tenemos que estar alerta para no pasar por alto las señales del otro mundo.» Eso fue lo que dijo el escritor. A mí me pareció un hombre muy desaseado.

—¿Y tú qué opinas, abuelo? —le pregunté al terminar el programa—. ¿Crees que existe el otro mundo? ¿Que hay un lugar donde podremos encontrarnos con las personas a las que queremos?

—Ojalá sea así —dijo mi abuelo con la cara clavada en la pantalla.

—Yo no lo creo.

—Pues qué triste, ¿no?

—Los muertos, muertos están, jamás podremos volver a verlos. Esto está clarísimo, vamos —dije yo tercamente.

Mi abuelo puso cara de apuro.

—Eso es muy pesimista, ¿no crees? —dijo.

—He pensado mucho sobre ello. En por qué la gente se ha inventado lo del otro mundo, o lo del paraíso.

—¿Y por qué crees que ha sido?

—Pues porque habían perdido a las personas a las que querían.

—Ya.

—Como se les habían muerto muchas personas que les importaban, pues se inventaron lo del otro mundo y lo del paraíso. El que muere siempre es el otro, ¿no? Nunca es uno mismo. Así que el que se queda intenta salvarlo valiéndose de esta idea. Pero a mí me parece que eso es mentira. Creo que tanto el otro mundo como el paraíso son una invención del hombre.

Mi abuelo cogió el mando a distancia de encima de la mesa y apagó el televisor.

—En nuestro mundo la muerte es algo muy cruel, Sakutarô —dijo mi abuelo en tono cariñoso—. Sin nada después de la muerte, sin reencarnación, la muerte es un vacío. ¿No te parece algo despiadado?

—Pero es un hecho. No podemos hacer nada para evitarlo.

—Es posible que haya otras maneras de verlo.

—Pues yo, cuando leo que los cristianos dicen que la muerte es hermosa y que no hay por qué temerla, me indigno. Me parece algo estúpido y arrogante. La muerte no es hermosa. Es patética y vacía. Y tenemos que aceptarlo.

Mi abuelo permaneció unos instantes contemplando el techo en silencio. Poco después, todavía mirando hacia arriba, dijo:

—Dicen que Confucio, que nunca hablaba del cielo, ante la muerte de un discípulo se lamentó diciendo: «¡Cielo, me estás destruyendo!». Y también cuentan que a Kûkai[*], que negaba los conceptos de nacimiento y muerte, se le escaparon las lágrimas cuando perdió a uno de sus discípulos.

Entonces mi abuelo se volvió hacia mí y me preguntó:

—¿Por qué es tan duro perder a la persona amada?

Ante mi silencio, mi abuelo prosiguió:

—Debe de ser porque ya amabas a esa persona antes. No es que la separación o la ausencia sean, en sí mismas, tristes. El amor hacia esa persona, que ya existía previamente, es el que hace tan dolorosa la separación y el que te hace perseguir su recuerdo con nostalgia. Y ese dolor nunca desaparece. ¿No se puede afirmar, por lo tanto, que el dolor y la tristeza no son más que una manifestación parcial de esa gran emoción que es nuestro amor por alguien?

—No lo sé.

—Piensa en la desaparición de una persona. Si se trata de alguien que no te importa, no sientes nada. No tienes conciencia de haberla perdido. En realidad,

---

[*] Kûkai (Kôbô Daishi) (774-835) fue el fundador de la secta Shingon, una corriente esotérica del budismo japonés. *(N. de la T.)*

sólo sientes que pierdes a alguien cuando es alguien a quien no quieres perder. Es decir que, posiblemente, la sensación de pérdida es una parte del amor que se siente por alguien. Como se ama a una persona, su ausencia se convierte en un problema, su ausencia produce dolor en la persona que ha dejado atrás. Y la tristeza siempre le lleva a uno a la misma conclusión: «La despedida ha sido dura, pero algún día volveremos a reencontrarnos».

—Abuelo, ¿crees que volverás a estar junto a ella algún día?

—Sakutarô, cuando hablas de volver a estar juntos, ¿piensas en formas humanas?

No respondí.

—Si creemos que lo único que existe es lo que podemos ver, lo que tiene forma, nuestra existencia es muy pobre, ¿no te parece? —dijo mi abuelo—. No creo que la persona que yo amaba vuelva a aparecer ante mis ojos con la forma que yo conocía. Pero, si te olvidas de la forma, puedo decirte que ella y yo hemos estado juntos siempre. A lo largo de estos cincuenta años, no ha habido un solo instante en que no hayamos estado juntos.

—¿Y eso no es algo que tú te crees?

—Pues claro que sí. ¿Y qué hay de malo en estar convencido de algo? ¿Qué son las ciencias sino un montón de creencias? Cualquier cosa que piense un hombre utilizando su cabeza no puede ser más que una creencia. La cuestión es lo violenta o fuerte que esta creencia pueda llegar a ser. Un científico utiliza el telescopio o el microscopio para demostrar lo que cree. Nosotros no somos científicos, así que supongo que podemos usar otras cosas. Como, por ejemplo, el amor.

—¿Y de qué estabas hablando ahora?

—De amor. Amor. ¿Sabes lo que es?

—Sí, lo sé. Pero, cuando tú hablas de amor, parece otra cosa.

—Eso es porque el amor del que yo hablo y lo que se suele entender por amor son dos cosas que se parecen, pero que, en realidad, son de distinta naturaleza.

Pensé que todo aquello no era más que el desvarío de un anciano. Después de la muerte de Aki, las palabras de consuelo y la compasión de los adultos me parecían meras falacias, meras excusas. Y no toleraba lo que consideraba desprovisto de sentimiento auténtico. Era incapaz de aceptar cualquier explicación lógica que no se aviniera con mi dolor por la pérdida de Aki.

—En el último momento, ella no me buscó —dije. Al fin salió de mi boca algo que me había estado doliendo durante todos aquellos días—. Fue como si no deseara verme. ¿Por qué crees que fue?

—Vaya. O sea que ni tú ni yo pudimos presenciar la muerte de la mujer amada —dijo mi abuelo sin responder directamente a mi pregunta.

—Sí, pero ¿por qué no quiso permanecer a mi lado hasta el último momento?

—Sakutarô, cada uno tiene que enfrentarse a una separación distinta. Curiosamente, a ti y a mí nos ha tocado vivir experiencias parecidas. Ni el uno ni el otro hemos podido vivir junto a la mujer que amábamos ni tampoco estar presentes en el momento de su muerte. Entiendo tu amargura, créeme. Pero ¿sabes?, a mí la vida me parece algo bueno. Creo que es hermosa. Posiblemente tú no lo veas así en estos momentos, pero eso es lo que siento. De un modo muy real. Que la vida es bella.

Mi abuelo pareció sumergirse en sus propias palabras. Pronto se volvió hacia mí y me preguntó:

—¿Cuál crees que es el verdadero carácter de la belleza?

—Paso —le respondí con brusquedad.

—En la vida, hay cosas que pueden realizarse y otras que no —dijo mi abuelo—. Las que se materializan, las olvidamos enseguida. Sin embargo, las que no podemos realizar, las guardamos eternamente dentro de nuestro corazón como algo muy preciado. Éste es el caso de los sueños o de los anhelos. Me pregunto si la belleza de la vida no residirá en nuestros sentimientos respecto a aquello que no se ha cumplido. Que no se haya realizado no quiere decir que se haya malogrado inútilmente. Porque lo cierto es que ya se ha materializado como belleza.

Cogí el mando a distancia y encendí el televisor. Daban un montón de programas insulsos, como reacción al hartazgo de los de Año Nuevo.

—Al ir cambiando así, a lo tonto, de canal, me da la sensación de que va a aparecer ella —dije mientras cambiaba de canal sin parar—. Sería fantástico que pudiéramos hablar.

—¿Como si eso fuera un aparato de *Doraemon*?

—Más o menos.

—Pues, la verdad, si se inventara una máquina que permitiera hablar sin problemas con los muertos, quizá seríamos peores de lo que somos.

—¿Peores?

—Tú, Sakutarô, ¿no te vuelves más humilde cuando piensas en alguien que está muerto?

Permanecí en silencio, sin afirmarlo ni negarlo. Mi abuelo prosiguió:

—Nosotros somos incapaces de albergar sentimientos negativos respecto a un muerto. No podemos ser egoístas ni interesados. Por lo visto, ha sido así desde siempre. Haz una prueba. Analiza tus sentimientos respecto a tu novia muerta. Tristeza, arrepentimiento, compasión... Ahora deben de hacerte sufrir mucho, pero no son malos sentimientos. No hay ni uno solo que sea malo. Todos te hacen crecer, te enriquecen. ¿Por qué será que la muerte de un ser querido nos hace mejores? Tal vez sea porque la muerte está claramente separada de la vida y porque no acepta ninguna influencia de parte de los vivos. Quizá sea ésta la razón de que la muerte de las personas nos enriquezca.

—Me parece que estás intentando consolarme.

—No, qué va —dijo mi abuelo con una sonrisa amarga—. Ya me gustaría, ya. Pero eso es imposible. Nadie puede consolarte, Sakutarô. Eres tú quien debe superarlo. Y solo.

—¿Y cómo lograste superarlo tú, abuelo?

—Decidí ponerme en su lugar —dijo mi abuelo, entrecerrando los ojos como si mirara a lo lejos—. Imaginar qué habría sucedido si hubiera sido yo el muerto. Decirme que ella tendría que haber sentido, por mi muerte, la misma tristeza que me partía el corazón a mí por la suya. A ella, además, le habría resultado muy difícil profanar mi tumba y robar mis cenizas. Y tampoco sé si ella tenía un nieto tan comprensivo como tú, Sakutarô. Y al pensar de este modo, siento que, quedándome atrás, he asumido el dolor que ella debería haber experimentado. Y así, no la he hecho sufrir tanto a ella.

—Además, tú pudiste conseguir las cenizas, ¿no?

Mi abuelo adoptó una expresión humilde.

—Y lo mismo puede aplicarse a ti, Sakutarô —dijo—. Ahora estás sufriendo por ella. Pero ella está muerta y ya no padecerá más. Y tú sufres en vez de ella. En su lugar. Y, haciéndolo, ¿no estás empezando a vivir por ella?

Reflexioné sobre lo que me había dicho mi abuelo.

—Todo eso me parece un juego de palabras.

—Bueno, de acuerdo —dijo mi abuelo sonriendo apaciblemente—. Pensar, en sí mismo, no es más que eso. Es mejor tener claro que no hay nada que sea suficiente. Aunque a veces pensemos que algo lo es, en cuanto pasa un tiempo ya nos da la sensación de que es insuficiente. Y las partes insuficientes, hay que repensarlas. Y de este modo, poco a poco, nuestros pensamientos van adecuándose más a lo que sentimos realmente. Así es como va.

Los dos enmudecimos y escuchamos los ruidos del exterior. Por lo visto, había empezado a soplar el viento. De vez en cuando, una violenta ráfaga sacudía la puerta del balcón, como si fuera a arrancarla.

—Vete a Australia —me dijo cariñosamente mi abuelo—. Y mira junto a ella el desierto y los canguros.

—Sus padres tienen la intención de esparcir sus cenizas en Australia.

—Hay muchas maneras de honrar a un difunto.

—Cuando ella estaba bien, le conté que había robado las cenizas contigo.

—¿Ah, sí?

—Y miramos juntos las cenizas que yo te estoy guardando.

Espié su reacción. Mi abuelo permanecía con los ojos cerrados y los brazos cruzados sobre el pecho.

—¿Te sabe mal?

Abrió los ojos despacio y sonrió.

—Te las confié a ti, así que puedes hacer con ellas lo que quieras.

—Después de mirar juntos las cenizas de la mujer que amabas, nos besamos por primera vez. No sé por qué. No teníamos la intención, pero pasó. Sucedió de forma espontánea.

Mi abuelo permaneció unos instantes en silencio.

—Es una historia bonita —dijo luego.

—Sí, pero ahora es ella quien se ha convertido en ceniza.

3

La tierra cedida a los aborígenes era un desierto árido y el Territorio del Norte estaba lleno de arbustos y barrancos. El Land Cruiser en el que íbamos montados avanzaba sacudiendo con violencia el camino polvoriento. Mientras corríamos a lo largo del río, vimos una estación de telégrafo construida en piedra. Más adelante no había casas, sólo una llanura cubierta de vegetación rala. En los campos había plantados melones. Los caminos se extendían en línea recta hasta el infinito. Justo a la salida de la ciudad, se había interrumpido el camino pavimentado. Y, ahora, el vehículo levantaba a su paso una nube de polvo tan gigantesca que era imposible ver nada a nuestras espaldas. Poco después, a ambos lados del camino, aparecieron pastos con vacas. Las reses muertas permanecían allí en los campos. Y los cuervos se apiñaban sobre sus vientres hinchados por el calor.

Estábamos en una pequeña ciudad, como las que salen en las películas del Oeste. Una ciudad asfixiante y polvorienta. Al lado de la gasolinera había un restaurante tipo pub. Paramos allí a descansar y, de paso, a comer algo. Cerca de la puerta había unos hombres jugando a los dardos. En el oscuro interior del local, camioneros y albañiles bebían cerveza y comían pastel de carne. Todos llevaban tatuados unos brazos parecidos a los de Popeye. Las piernas peludas que asomaban por sus pantalones cortos eran tan gruesas como mi torso.

—El «aki» de Aki es el del periodo cretácico, ¿verdad? —le pregunté a la madre de Aki, que estaba sentada a mi lado.

Su madre, que estaba distraída, se volvió hacia mí con sorpresa.

—¡Ah, sí! —asintió—. Fue idea de mi marido. ¿Por qué lo preguntas?

—Es que yo creía que era el «aki» de la estación del año. Estaba convencido, desde que la conocí. Y como ella, en las cartas, siempre escribía Aki en *katakana*.

—¡Es tan comodona, esa niña! —dijo su madre, y esbozó una pequeña sonrisa—. ¿Sabes? El «hiro» de Hirose, en realidad, es éste.

Y, con la punta del dedo, trazó en la palma de su mano otro carácter más complejo.

—Escribir el nombre y el apellido con caracteres le sumaba un buen número de trazos, así que ella se acostumbró a simplificar y a escribir su nombre en *katakana*. Empezó a hacerlo en primaria.

El padre de Aki estaba estudiando un mapa desplegado sobre el mostrador junto con un guía que habían contratado en la zona.

—A unos cincuenta kilómetros al sur hay un territorio sagrado para los aborígenes —explicó en un fluido japonés el guía que, por lo visto, había estado un tiempo en Japón—. Está prohibido entrar, pero yo he conseguido un permiso especial.

—¿Se puede llegar en coche? —preguntó el padre de Aki.

—Al final tendremos que andar un poco.

—Espero poder seguir —dijo la madre de Aki preocupada.

—¿Van a esparcir allí las cenizas de su hija? —preguntó el guía.

—¡Qué niña tan rara! —repuso la madre—. Antes de morir lo repitió una vez tras otra, como si delirase. Es posible que en aquellos momentos ya no fuera muy consciente de lo que se decía, pero, aun así, es muy importante para nosotros cumplir su voluntad. De no hacerlo, jamás podríamos estar tranquilos.

Miré al otro lado de la ventana. A la sombra de una acacia, un aborigen de mediana edad, con barba, bebía vino directamente del cuello de una botella metida dentro de una bolsa de papel marrón. Un grupo de muchachos negros con sombreros de cowboy pasaron por su lado. Ni siquiera entonces, después de haber llegado hasta Australia, tenía una conciencia real de la muerte de Aki. Me daba la sensación de que ella seguía existiendo en alguna parte. De que iba a verla en cualquier momento.

El camarero me plantó delante una enorme hamburguesa y una botella de coca-cola. Me sentí ridículo comiendo sin parar cuando no tenía el menor apetito.

Una estepa de color pardo se extendía en todo lo que alcanzaba la vista. No se veía ninguna arboleda. Sólo hierbajos aferrándose a la tierra seca. Algunos eucaliptos se erguían en las cimas de las colinas erosionadas. El suelo estaba sembrado de enormes pedruscos que debían de haber sido arrojados allá por una erupción volcánica. No había rastro de animales. El guía nos explicó que, durante el día, dormían bajo las rocas o dentro de los agujeros. Hacía mucho que habíamos dejado atrás el camino pavimentado y, de vez en cuando, el vehículo se embarrancaba en la arcilla. Dejamos atrás varios canguros muertos. Uno de ellos era ya sólo pellejo y estaba adherido a un lado del camino. Me volví. Sepultado por el polvo, había dejado ya de verse.

Llevábamos alrededor de una hora de camino cuando, ante nuestros ojos, apareció un bosque frondoso. Frente al bosque corría un riachuelo. Llevaba poca agua y, en el lecho, crecían unos eucaliptos blanquecinos. En la orilla había una caravana detenida. Dos familias de raza blanca hacían una barbacoa a su alrededor. El guía se apeó del coche y se dirigió hacia las familias que bebían cerveza sentadas en el suelo. Les preguntó algo en tono jovial y ellos, todavía con el plato de asado en la mano, señalaron hacia el río.

—Dicen que está al otro lado del río —dijo el guía al volver al vehículo que conducía el padre de Aki—. Voy a guiarle.

El guía se metió en el río con las botas de montaña puestas y condujo el Land Cruiser hasta un vado donde el suelo era firme. Las familias nos miraban con curiosidad. Una vez que el coche hubo cruzado el río, el guía volvió a sentarse en el asiento del copiloto.

—Adelante.

Un sendero de arena se adentraba en el bosque sombrío. El padre de Aki avanzaba despacio, conduciendo el coche con grandes precauciones a través de la luz insegura. Un cielo pálido de colores desleídos asomaba, de tanto en tanto, a través de los árboles. La luz caía con desmayo sobre el suelo arenoso.

—Pues yo no acabo de entender lo que es el *dreaming* —dijo el padre de Aki, al volante.

—Tiene varios sentidos —explicó el guía—. Uno se refiere al antepasado mítico de una tribu. Por ejemplo, una tribu cuyo *dreaming* es el ualabi, lo tiene como fundador.

—¿El ualabi? ¿Te refieres al animal? —intervino la madre de Aki.

—No. En este caso, es como *dreaming*. Su antepasado mítico. Este antepasado creó al ualabi animal y también a ellos. Por lo tanto, ellos y el ualabi animal son descendientes del mismo fundador.

—¿O sea que la tribu y el animal ualabi son hermanos?

—Sí. Por lo tanto, para los miembros de una tribu ualabi, matar y comer uno es como matar a un hermano.

—Muy interesante —dijo, admirado, el padre de Aki—. Eso es totemismo, ni más ni menos.

—Además, también están los *dreaming* propios de cada uno —prosiguió el guía.

—¿Y qué son? —preguntó el padre de Aki.

—Cuando nace una persona, las cosas que ha visto la madre, los animales y plantas con los que ha soñado, se convierten en algo que pasa a formar parte de su alma. Estos *dreaming* no se hacen públicos. Son un secreto, un objeto de culto personal.

—¿Es decir que están los *dreaming* de la tribu y los *dreaming* personales?

—Exactamente.

En un corto espacio de tiempo, se había hecho difícil distinguir un objeto de otro. El campo visual había perdido profundidad, o más bien, había desaparecido la perspectiva en sí y los objetos que debían de estar lejos parecían cercanos y los que debían de estar cerca daba la impresión de que estaban tan lejos que no se podían alcanzar.

—Dicen que los aborígenes sepultan a sus muertos dos veces —continuó el guía—. La primera vez los inhuman en la tierra, como es normal. Éste es el primer funeral. Y luego, dos o tres meses después, desentierran el cadáver, recogen los huesos y los alinean, todos, sobre una corteza de árbol, desde la punta del dedo del pie hasta la cabeza, en la misma posición exacta en que estaban cuando el difunto vivía. Después lo meten dentro de un grueso tronco vaciado. Éste es el segundo funeral.

—¿Y por qué hacen eso? —preguntó la madre de Aki.

—Piensan que el primer funeral es para la carne y el segundo para los huesos.

—Claro. Tiene su lógica —dijo el padre.

—Poco después, los huesos son lavados por la lluvia y vuelven a la tierra. La sangre y el sudor que moraban en el cuerpo del difunto se infiltran, en su totalidad, en el suelo y fluyen hacia la fuente sagrada del interior de la tierra. En pos de ellos, el alma del difunto se encamina también hacia esta fuente y es allí donde habitará convertida en espíritu.

Los árboles se habían ido haciendo más y más espesos hasta que, finalmente, no pudimos seguir avanzando y tuvimos que descender del vehículo. Luego, en un momento dado, el bosque se convirtió en matorral y las largas y delgadas ramas de los arbustos se retorcían y enmarañaban en todas direcciones, formando un paisaje muy extraño. En medio discurría una estrecha senda de animales. No se oía más que nuestros pasos. De vez en cuando se movía algo entre la maleza, pero yo no logré ver ningún animal.

Dejamos atrás unos arbustos con espinas agudas parecidos a erizos gigantes y salimos a una estepa de color pardo. Allí no había nada. Aparte de unos cuantos eucaliptos apiñados los unos contra los otros, en todo lo que alcanzaba la vista no había más que una vasta extensión de tierra árida. Nadie hablaba. El cielo seguía eternamente claro, por lo que era posible que no llevásemos más de treinta minutos caminando aunque a mí me parecieran horas. El aire reseco me había agrietado los labios. También tenía sed. Quería beber agua, pero, por otra parte, sentí como algo ajeno mi propia necesidad de beber.

La tierra que pisábamos pronto se convirtió en un erial de rocas y arena. Cerca de unas gigantescas rocas de forma redondeada crecía una especie de palma de sagú. Una gran ave de color marrón planeaba por las alturas. Trepamos por unas terrazas muy empinadas hasta alcanzar una loma donde se erguían unos cuantos árboles. Todos habían perdido sus hojas, y los troncos de color gris estaban tan arrugados como el rostro de una anciana. Un pájaro, cuyo nombre yo desconocía, ululaba. Sobre un seco peñasco corría un lagarto.

—¿Qué les parece aquí? —dijo el guía.

—¿Es aquí? —preguntó la madre de Aki con un cierto aire de insatisfacción.

—Toda la zona lo es.

—¿Las esparcimos aquí entonces? —dijo el padre.

—Espárcelas tú —dijo la madre de Aki entregándole a su esposo la urna.

—Es mejor que lo hagamos entre los tres.

Me encontré con un montoncito de polvo blanquecino, fresco, en la palma de la mano. No podía comprender qué era aquello. Aunque mi cabeza pudiera, mis sentimientos se negaban a entenderlo. Al cogerlo, sentí que iba a romperme en pedazos. Mi corazón iba a hacerse añicos como el pétalo helado de una flor al pellizcarlo con la punta de los dedos.

—Adiós, Aki —oí decir a su madre.

La ceniza blanca se soltó de la mano de sus padres. A merced del viento, se dispersó y acabó mezclándose con la tierra roja del desierto. La madre de Aki lloraba. Su padre le pasó un brazo alrededor de los hombros y ambos empezaron a desandar el camino por el que habíamos venido. Yo no podía moverme. Sentía aquello que había volado hacia la tierra roja como si fueran pedazos de mi propio cuerpo. Ya no podría volver a recuperarlo jamás, como a mí mismo.

—¿Vamos? —me urgió el guía—. Pronto anochecerá. Y en el desierto, la noche es muy dura.

4

Cuando volví de Australia, el invierno ya estaba dando paso a la primavera. Una vez terminados los exámenes finales, las clases eran como los partidos del campeonato cuando ya se ha decidido quién será el ganador de la liga. A la ida y a la vuelta de la escuela, o entre una clase aburrida y otra, me acostumbré a alzar los ojos al cielo. A veces permanecía largo tiempo contemplándolo. Y pensaba: «¿Estará allí?». Tanto en las últimas huellas de la fría luz de invierno como en los suaves rayos del sol de primavera, en todo lo que venía del cielo, yo empecé a sentir la presencia de Aki. A veces, mientras estaba mirando el cielo, se acercaban unas nubes y pasaban de largo sobre mi cabeza. Cada vez que las nubes iban y venían, la estación avanzaba un poco más.

Un tibio domingo de mediados de marzo, le pedí a Ôki que me llevara a la isla. Cuando le expliqué por qué, Ôki accedió de buen grado a sacar la barca. Tras amarrar el bote al pie del embarcadero, empecé a andar solo por la playa. Ôki dijo que me esperaba en el embarcadero. En marzo, el agua aún estaba fría y cristalina. Los suaves rayos del sol hacían refulgir las olas que bañaban las piedras de la orilla. Al mirar dentro del agua, vi unos cangrejos del mismo color que éstas que corrían por el banco de arena huyendo hacia mar abierto. Entre las piedras, las anémonas de mar extendían sus tentáculos de brillante colorido, y había una caracola blanquecina adherida a una roca más grande. Por lo visto, sólo me fijaba en las cosas pequeñas. ¿Por qué sería?

Al fondo de la playa, allá donde no llegaban las olas, había muchas flores rosadas parecidas a la correhuela. Una mariposa blanca volaba por encima. Me acordé de las mariposas que había visto en el patio trasero del hotel cuando vine el verano pasado. Eso sirvió de detonante para que todos los sucesos de aquella noche fueran cruzando por mi cabeza como cegadores relámpagos. Cualquiera de ellos me llenaba de nostalgia e iban resplandeciendo, uno tras otro, aunque yo no acababa de creerme que todo aquello hubiera sucedido de verdad.

Sobre un margen que se alzaba en escalón sobre la playa y que conducía hasta el precipicio del fondo había un viejo Jizô* de piedra. No sé quién lo había puesto allí ni por qué. Tal vez alguien hubiera naufragado en aquellas aguas. Ni siquiera tenía capilla y estaba expuesto a la lluvia y el viento. Tampoco tenía ninguna ofrenda, ni de flores ni de monedas. El aire salobre que soplaba del mar debía de haber empezado a erosionar la piedra, porque el Jizô había perdido los ojos y los labios. Sólo le quedaba el puente de la nariz, formando una pequeña protuberancia en medio de la cara. Sin embargo, aquellas facciones borrosas le conferían dulzura.

Me senté a su lado, sobre la grava seca, y contemplé el apacible mar en calma. Dentro de aquella franja azul que parecía trazada con pincel, aparecían y desaparecían innumerables destellos. La luz del sol ba-

---

* Ksitigarbha, en sánscrito. Bodhisattva (Bosatsu), guardián de las almas de los muertos. *(N. de la T.)*

ñaba los árboles de un cabo que, a mi izquierda, se adentraba en el mar, y a mí me dio la impresión de que podía distinguir claramente cada una de las ramas de los pinos que se apiñaban en aquel lugar. El paisaje era demasiado hermoso para contemplarlo solo. Deseé poder verlo junto a Aki. Tenía la sensación de pasarme el día anhelando cosas que no podían hacerse realidad.

Pronuncié su nombre en voz baja. Mis labios estaban hechos, más que los de cualquier otra persona en el mundo, para llamarla. Y, sin embargo, no me fue fácil recordar su rostro. Me daba la impresión de que me costaba cada vez más recordarlo. Esto me producía una cierta inquietud. ¿Se irían erosionando los recuerdos de Aki como aquel Jizô de la playa con las facciones borradas? ¿Sería su nombre lo único que, con el paso del tiempo, me quedaría al final? Sólo su nombre, que yo siempre había confundido con la estación del año.

Me tendí sobre la grava y cerré los ojos. El fondo de mis párpados se tiñó de rojo. El verano pasado, mientras nadaba en el mar, también se me habían teñido de rojo. Y, al igual que entonces, al pensar en la sangre que fluía por el interior de mi cuerpo, tuve una sensación extraña.

Por lo visto, me dormí. Oí que me llamaban, abrí los ojos y me encontré con Ôki, que me miraba extrañado.

—¿Qué pasa? —pregunté, incorporándome.

—Eso tendría que preguntártelo yo —dijo—. Como no aparecías, me he preocupado y he venido a buscarte.

Ôki se sentó a mi lado. Ambos contemplamos el mar en silencio. El viento que soplaba de alta mar traía un fuerte olor a sal. Al alzar los ojos al cielo, vi que el sol había rodeado el cabo a mi izquierda y que, ahora, estaba perpendicular a la superficie del mar.

—Tengo la sensación de que ella todavía sigue aquí —dije—. Aquí, y allí. Esté donde esté yo, ella también está. ¿Crees que eso son alucinaciones?

—Pues... no lo sé —masculló Ôki con apuro.

—Desde fuera, deben de parecerlo. Seguro.

Nos callamos y seguimos contemplando el mar. Ôki cogió una piedrecita que había a sus pies y la arrojó al agua. Repitió lo mismo varias veces.

—¿Has soñado alguna vez que estabas volando? —le pregunté.

Él se volvió hacia mí y me miró con aire interrogativo.

—¿Volar en avión o algo así? —preguntó.

—No, volar tú. Así, como Ultraman*.

—Bueno, es un sueño, ¿no? —dijo él riendo, al fin—. Total, cada uno puede soñar lo que le dé la gana.

—Pero tú, Ôki, ¿sueñas con ese tipo de cosas? ¿Con cosas que son imposibles en la vida real?

—Creo que no.

Cogió otra piedra y la arrojó al mar. La piedra rebotó en las rocas con un ruido seco antes de caer al agua.

—¿Y qué pasa con eso de que sueñas que estás volando? —me apremió Ôki.

—Pues que eso de que el cuerpo de uno esté volando por el cielo es algo imposible en la vida real, ¿no? —proseguí—. En teoría, es imposible, ¿verdad?

---

* Héroe de ficción japonés televisivo a mediados de los años sesenta. *(N. de la T.)*

—Sí, claro —dijo él con recelo.

—Lo que no quita que estés volando en sueños. En la realidad, es imposible. Pero mientras estás soñando, no te lo parece. Mientras estás soñando, ni siquiera piensas que aquello sea ilógico. Y, aunque lo pensaras, seguirías volando igual. Porque tú estás viendo realmente las ciudades, y todo lo demás, desde el cielo, y tienes una sensación muy real de que estás volando. Así que aquello no es una alucinación.

—Pero es que aquello es un sueño —objetó Ôki.

—Sí, es un sueño —reconocí con sencillez.

—¿Adónde quieres ir a parar?

—Ella está muerta. Su cuerpo ha sido incinerado y convertido en cenizas. Las cenizas las esparcí yo con mi propia mano por el desierto rojo. Sin embargo, ella está aquí. Soy incapaz de creer lo contrario. No es una alucinación. No puedo hacer nada contra esta sensación. Igual que en el sueño no puedes negar que estás volando, tampoco yo puedo negar que ella está aquí. No puedo demostrarlo, pero siento que ella está aquí. Y eso es un hecho.

Cuando acabé de hablar, Ôki me estaba mirando con cara de pena.

—¿Estaré soñando?

De vuelta al embarcadero, descubrí una piedra que centelleaba en la playa. Al cogerla entre las yemas de mis dedos, vi que no era una piedra sino un trozo de vidrio lavado por las olas con las aristas completamente romas. Dentro del agua, parecía una joya de color verde. Me la guardé en el bolsillo de la cazadora.

—¿No quieres ir al hotel? —me preguntó Ôki cuando apareció el embarcadero en la distancia—. Debe de traerte muy buenos recuerdos, ¿verdad?

Por un instante, sentí algo duro y frío en el pecho. Sin responder, exhalé un hondo suspiro. Ôki no añadió nada más.

Saqué del bolsillo de la cazadora un pequeño frasco de cristal transparente. Dentro había una especie de arena blanquecina.

—Son sus cenizas.

—¿Vas a esparcirlas? —preguntó Ôki, inquieto.

—Pues no sé qué hacer.

Antes de ir a la isla, pensaba arrojar las cenizas de Aki al mar. Eso era lo que le había dicho a Ôki al pedirle que me llevara en barca. Pero...

—No sé. Me sabe mal. Claro que no gano nada llevándolas encima.

—Estando así las cosas, es mejor que te las guardes —dijo Ôki con aire de preocupación—. Si las esparces y luego te arrepientes, ya no podrás echarte atrás. Mejor que te lo pienses bien primero y que las esparzas cuando estés seguro. Yo volveré a traerte en barca.

Debido a la marea baja, el bote se encontraba bastante por debajo de la viga del puente. El mar estaba en calma, tan azul que te daban ganas de llorar.

—A Hirose, ¿la habías oído cantar alguna vez? —me preguntó Ôki de repente, un poco después—. En secundaria, en clase de música, a veces había exámenes de canto, ¿no? Nos hacían cantar canciones tontas como *Vigor joven* y *Palabras regaladas,* ¿te acuerdas? Pues Hirose cantaba tan flojito que no se la oía. Yo estaba sentado delante de ella, pero no lograba pescar nada de lo que ella cantaba.

—Y entonces alguien pegaba un grito diciendo que no se oía, supongo.

—Sí, sí. Exacto. Entonces, ella bajaba aún más la voz, se ponía tan colorada que daba pena y cantaba hasta el final con la cabeza gacha.

—¡Vaya! Qué bien te acuerdas, ¿no?

—¡Eh, tú! ¡Que no es eso! —dijo Ôki poniéndose nervioso—. Que ella a mí no me gustaba. Bueno, gustarme, sí me gustaba. Pero no del mismo modo que a ti.

Yo también pensé en Aki cantando. Pero en una situación distinta a la del examen de canto de la escuela. La noche que pasamos en el hotel, mientras estábamos preparando la cena, de repente me hizo falta algo y fui a buscarlo al segundo piso. Cuando volví, Aki estaba canturreando en voz baja mientras picaba las verduras. Me detuve en la entrada de la cocina y la escuché. Ciertamente, cantaba en voz tan baja que no sólo no se oía la letra de la canción, tampoco se distinguía la melodía, pero Aki parecía sentirse muy a gusto cantando. Y yo pensé que en su casa, mientras preparaba la comida, también debía de cantar de aquel modo. Si la llamaba, dejaría de cantar. Así que permanecí de pie en la entrada de la cocina, aguzando el oído.

—¿Sabes qué te digo?, que me las guardo.

—Bien —asintió Ôki con alivio.

Dentro del bolsillo, mi mano tocó algo frío. Lo saqué. Era el trozo de vidrio que había recogido poco antes en la playa. En contacto con el aire, la superficie del vidrio se había vuelto opaca y blanquecina. Dentro del agua me había parecido una hermosa joya de color verde, pero ahora no era más que un vulgar trozo de vidrio. Lo lancé con todas mis fuerzas hacia el mar. El vidrio trazó un bonito arco en el aire y cayó dentro del agua con un pequeño chapoteo.

—¿Nos vamos, don Juan Tenorio? —dijo Ôki a mis espaldas.

Don Juan Tenorio se dio la vuelta.

—¡Adelante!

Capítulo V

El follaje de los árboles de la montaña del castillo era todavía fresco y nuevo. Habían restaurado el torreón y sus muros pintados lucían un brillante color blanco. Al recorrer el sendero que conducía de la entrada norte a la ciudadela, me había dado cuenta de que habían roturado el frondoso bosque que había a mitad de camino y que, ahora, se levantaba allí un novísimo museo del folclore.

Desde la ciudadela se dominaba la vista de toda la ciudad. Al este, la montaña; al oeste, el mar. Debido a las obras de desecación de los últimos diez años, las calles de la ciudad habían ido invadiendo la bahía y a mí me dio la impresión de que el mar se había vuelto muy pequeño.

—¡Qué vista tan bonita! —dijo ella.

—Es lo único que tiene la ciudad —dije, adoptando, sin querer, un tono de disculpa—. Cuando vengo con alguien, nunca sé qué enseñarle.

—No todas las ciudades tienen por qué estar llenas de famosas ruinas históricas. Además, la visita al templo ha sido muy interesante. Lástima que tu abuelo ya haya muerto. Me hubiera gustado mucho conocerlo.

—Creo que los dos os hubierais llevado muy bien.

—¿Sí?

Enmudecimos y, como si nos hubiésemos puesto de acuerdo, dirigimos ambos la mirada hacia la bahía.

Tanto el cabo rodeado por el mar como las islas aparecían moteados, aquí y allá, del rosa pálido de los cerezos silvestres.

—¿Sabes que no me acababa de creer aquella historia? —dijo ella poco después como si me hiciera una confesión—. Era demasiado redonda, demasiado romántica. Pero hoy, cuando he visto la tumba y tú me has dicho: «Es aquí», no he tenido más remedio que creerte.

—Quizá sólo sea un cuento muy elaborado.

Ella reflexionó unos instantes y, luego, me dirigió una mirada traviesa como diciendo: «Pues tienes razón».

—Sí. Es posible que sea algo arriesgado creérmela en un cien por cien. Y eso se puede aplicar a todo lo que se refiere a ti.

—A veces, ni yo mismo sé si algo es real o si lo he soñado. Si en el pasado eso ha ocurrido de verdad o no. Me pasa incluso con personas a las que conocía muy bien. Cuando hace muchos años que han muerto, acaba dándome la sensación de que jamás han estado en este mundo.

La ruta de la ladera sur no estaba tan explotada como la de la ladera norte. El camino seguía siendo estrecho y escarpado, y nos cruzamos con muy poca gente. Tampoco los escalones llenos de musgo ni la desnuda tierra roja habían cambiado apenas. Mientras descendíamos descubrí, entre los frondosos arbustos, lo que buscaba.

—¿Qué sucede?

—Hortensias.

Ella les echó una ojeada y se volvió hacia mí con aire de querer decir: «¿Y qué tienen de raro las hortensias?».

—Aún falta mucho para que florezcan —solté con ligereza, y reemprendí la marcha. Sentía un pequeño temblor en el fondo de mi corazón. Poco después, añadí—: Esta parte apenas ha cambiado.

—¿Venías mucho? —me preguntó.

—No, sólo una vez.

Ella se echó a reír.

—¡No me digas! Hubiera jurado que te pasabas el día aquí.

—Ésa es la sensación que me da, pero sólo vine una vez.

A la vuelta, conduje el coche hasta el instituto. En los parterres del portal habían plantado violetas. Ya estábamos a finales de marzo.

—Aquí es donde estudié —le expliqué, de manera sucinta, desde el coche.

—¡Caramba! —dijo ella bajando la ventanilla—. ¿Entramos un momento?

Aquella escuela que yo veía por primera vez en mucho tiempo aparecía sucia y miserable. El muro de bloques de cemento ennegrecido por la lluvia estaba inclinado hacia el camino. Fuera por las vacaciones de primavera o fuera porque ya se acercaba el anochecer, la escuela estaba desierta. Ni siquiera se veía un alma en los campos de deporte donde, en el pasado, siempre que pasaba por allí, había alumnos del club de fútbol o del club de béisbol practicando.

Accedimos por una entrada lateral.

—¡Qué muerto está todo!

Mi susurro me sonó lejano a mí mismo.

—¡Hacía años que no estaba en una escuela! —exclamó ella con voz alegre, correteando hacia el cuadro de juegos.

Me había quedado atrás. «Aquí es donde estudiábamos los dos», me dije para mis adentros. «Aquí es donde conocí a Aki.» Me daba la sensación de que habían transcurrido muchísimos años. Parecía incluso que todo hubiera sucedido en un mundo lejano, más allá del tiempo. Sintiéndome como Urashima[*], eché un vistazo a mi alrededor y vi que los cerezos estaban en plena floración. En aquella época, yo apenas reparaba en las flores del cerezo. Había dejado el instituto casi sin darme cuenta de que existían. Sin embargo, ahora, al mirarlos, pude comprobar lo hermosos que eran aquellos cerezos alineados uno junto al otro.

En aquel instante, en lo más recóndito de mi corazón, se abrió un agujero tan pequeño como el pinchazo de un alfiler. Y, como si se tratara de un agujero negro, en un instante lo engulló todo. El paisaje de alrededor, el tiempo transcurrido. Y, mientras yo mismo era absorbido hacia aquel pasado que tan lejano me había parecido, resurgió la voz de Aki: «Me ha gustado mucho limpiar los pupitres del aula a la hora de la limpieza. Mientras los iba limpiando, iba leyendo lo que otros habían escrito allí. Había cosas escritas por alumnos que se han graduado hace años. Y también había corazones grabados con el nombre del chico o la chica que les gustaba. No creas, había algunos que me ha sabido mal borrar...».

Ella me hablaba al oído. Con su voz tímida que tanto añoraba. ¿Adónde había ido su dulzura?

_____

[*] Se refiere a la historia de Tarô Urashima, el pescador que volvió a su pueblo después de pasar trescientos años en el Reino del Dragón, en el fondo del mar, creyendo que había pasado sólo unos pocos días. *(N. de la T.)*

Toda la belleza, toda la bondad, toda la delicadeza que conformaban aquella personita llamada Aki, ¿adónde habían ido? ¿Seguían todavía ahora corriendo bajo las brillantes estrellas como un tren que circulaba de noche por un campo nevado? Sin determinar su destino. Siguiendo un rumbo que no puede medirse con los patrones de este mundo. ¿O es posible que vuelva alguna vez? Sucede a veces que una mañana, de improviso, encuentras, en el sitio donde lo dejaste, algo que perdiste mucho tiempo atrás. Bonito, con idéntica forma a la que tenía. Y aún parece más nuevo que cuando lo perdiste. Como si alguien desconocido te lo hubiera estado guardando con amor. ¿Volvería, de la misma forma, su corazón a aquel lugar?

Saqué el pequeño frasco de cristal del bolsillo de la chaqueta. Tenía la intención de llevarlo conmigo mientras viviese. Pero no había ninguna necesidad de hacerlo, sin duda. En este mundo hay un principio y un fin. Y en ambos extremos está Aki. Me dio la sensación de que era suficiente con eso.

Al dirigir la vista hacia un rincón del campo de deporte, descubrí a una mujer joven que estaba luchando con todas sus fuerzas para alcanzar el punto más alto de un poste. Abrazada al palo con las dos piernas cubiertas por la falda, iba avanzando una mano tras otra, impulsando, poco a poco, su cuerpo hacia arriba. El sol ya se había puesto y la figura de la mujer, junto con los juegos del cuadro, iba a confundirse de un momento a otro con las tinieblas. Yo había estado un día mirando a Aki desde allí mismo. Cómo iba trepando por el poste de aquel rincón del terreno de juegos envuelta en la luz del ocaso... Pero ya no sabía si aquél era un recuerdo verdadero o no.

Sopló el viento y los pétalos de flor de cerezo se dispersaron. Volaron hasta mis pies. Miré de nuevo el frasco de cristal que tenía en la mano. Me sentí inquieto. ¿No me arrepentiría después? Tal vez sí. Pero, ahora, era tan hermosa aquella ventisca de pétalos de cerezo.

Desenrosqué despacio la tapa del frasco de cristal. Luego dejé de pensar. Dirigí la boca del frasco al cielo, alargué el brazo tanto como pude y tracé un gran arco en el aire. Las cenizas blanquecinas flotaron por el cielo del crepúsculo como una nevisca. Volvió a soplar el viento. Las flores del cerezo se deshojaron y, mezcladas con los pétalos, pronto dejaron de verse las cenizas de Aki.

Este libro se terminó
de imprimir en
Móstoles, Madrid,
en el mes de
julio de 2017

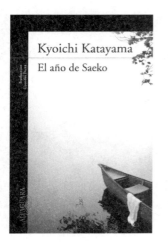

KYOICHI KATAYAMA
El año de Saeko

Shun'ichi es programador informático y aficionado a fotografiar gatos, y Saeko, su mujer, se encarga de la reposición y el mantenimiento de tres máquinas expendedoras. Se conocieron hace cinco años, cuando eran vecinos, y él se enamoró de su llanto. Desde entonces llevan una vida apacible, hasta que una petición de la hermana de Saeko trastocará su mundo cotidiano.

En *El año de Saeko,* Katayama habla del difícil anclaje de dos seres en el mundo. De su vida diaria, con sus tristezas y alegrías, con sus angustias, con su amor. En definitiva, con su «pequeña felicidad».
Y, frente a la vida cotidiana, el autor contrapone la Vida en mayúscula. El ciclo de la vida plasmado en el paso de las estaciones. El hombre como un elemento más de la naturaleza. La concepción que muestra Katayama sobre la vida y la muerte, sobre el paso del tiempo, sobre el simbolismo de las estaciones del año, sus citas al budismo, su alusión constante a los lazos con la espiritualidad y cultura chinas no sólo beben de la estética y espiritualidad japonesas sino que señalan un camino posible para encontrarle un nuevo sentido a la vida.

«Un intenso relato de amor […]. El retrato que Katayama hace de su pareja protagonista hace pensar en una barcaza a la deriva en el seno de una sociedad cuyo orgullo e identidad también parece zozobrar.»
Andrés Sánchez Braun, *El País*